Im Bienenstich sind keine Birnen

Martina Grünebaum

Im Bienenstich sind keine Birnen

Sorpeseekrimi

1. Auflage

ISBN: 9783751967389

Herstellung und Verlag:
BoD – Books on Demand, Norderstedt
Umschlagsgestaltung: Uta Baumeister
Coverdesign: Tanja Graumann

Gedruckt in Deutschland

Für Marco

Freitag   15.30 Uhr

„Der Berg ist nicht dein Freund", sagte Knapp und fixierte die Alpenlandschaft, die beinahe die komplette Wand hinter dem Schreibtisch seines Kollegen Erik Danke einnahm. Vor seinem geistigen Auge verfärbte sich der blaue Himmel und wich einem bedrohlichen Grau. Es donnerte und schon bald erhellten Blitze das düstere Panorama. „Der Berg ist nicht dein Freund", wiederholte Knapp und starrte immer noch auf das Gemälde. „Er versenkt haufenweise Süßstoff in seinem Kaffee, lächelt dich an und würde dir gleichzeitig die Kündigung vor die Füße werfen."
„KNAPP!"
Max Knapp zuckte zusammen, riss sich von dem Anblick des Aquarells los, nickte seinem Kollegen Erik Danke kurz zu, bevor er sich auf den Weg in das Chefzimmer machte.
„KNAPP!", brüllte sein Vorgesetzter erneut in einer Lautstärke, als befände sich Knapp in einem anderen Universum und nicht im Nachbarraum.
„HEREINTRETEN!"
Als Max sich damals entschlossen hatte Oberstdorf in Bayern zu verlassen, war es ihm gleichgültig gewesen, wohin er versetzt werden würde. Hauptsache weit weg. Fort von diesen Bergen, die immer einen Teil seines Lebens einnehmen würden. Eigentlich müsste er diese Anhäufung von Gesteinsschichten hassen. Diese zerklüfteten

Massive, die sein Dasein vor vielen Jahren auf schmerzliche Weise verändert hatten. Doch da war nur eine Leere, ein Gefühl, das er nicht mit Worten zu beschreiben vermochte. Als er dann ironischerweise im Sauerland, dem Land der tausend Berge eine neue Anstellung bekam und zu allem Überfluss sein zukünftiger Chef auch noch den Nachnamen Berg trug, wurde ihm bewusst, dass man niemals vor seiner Vergangenheit fliehen konnte. Sein Vorgesetzter Wolfram Wilhelm Berg, von den jüngeren Kollegen scherzhaft Double-You genannt, die englische Bezeichnung für den Buchstaben W, da seine lückenhaften Englischkenntnisse immer wieder für Erheiterung sorgten, wies zwar rein äußerlich kaum Ähnlichkeiten mit einem Gebirgszug auf, doch allein durch seinen resoluten, unnachgiebigen Führungsstil machte er seinem Nachnamen alle Ehre. „Da sind Sie ja endlich!", posaunte er heraus und Max Knapp wartete auf das kleine typische Wörtchen „woll", welches im Sauerland zur gepflegten Konversation dazu gehörte und viele Sätze beendete.

„Ist was? Habe ich etwas im Gesicht? Oder warum starren Sie mich so an?" Max Knapp hielt es für unklug, seinem Chef mitzuteilen, worauf diese Verzögerung zurückzuführen war, daher antwortete er stattdessen: „Nein! Nein natürlich nicht! Es ist alles bestens, woll."

Double-You musterte ihn mit seinen kleinen stechenden Augen, bis er ein: „Gut. Dort ist die Akte", herauspresste, um sich dann wieder mit dem Ausfüllen von Formularen zu beschäftigen. Wolfram Wilhelm Berg war kein Freund von vielen Worten. Dieses war eine Eigenschaft, die Knapp eigentlich als positiv bewerten würde, wenn – ja, wenn nicht ab und zu die Dialoge in eine Art von Rätsel abdriften würden.

„Akte?"

„Ja, dort auf dem Tisch."

„Ein Fall?"

„Was sollte es sonst sein?"

Knapp seufzte. Wie immer schien es zu viel verlangt, dass Double-You freiwillig ein paar Informationen zusteuerte. Stattdessen rührte er in seiner Kaffeetasse herum und beobachtete fasziniert, wie sich die Unmengen von Saccharin, die er schwungvoll hineingeschmissen hatte, blitzartig auflösten.

„Schön", murmelte er. Knapp war nicht in der Lage, zu deuten auf wen oder was sich diese Aussage bezog, daher entschied er sich zu schweigen und die Gelegenheit zu nutzen ein wenig in den Papieren zu blättern, die Bestandteil der Akte waren. Er betrachtete die Fotos von Teenagern, auf deren Rückseite Angaben wie: Adresse, Größe und Alter hingekritzelt worden waren. Knapp räusperte sich. Doch noch bevor er eine Frage in Worte fassen konnte, befahl Double-You: „Überprüfen!"

Freitag 17.00 Uhr

Sie drehte sich vor dem Spiegel hin- und her, um ihr Gesamterscheinungsbild zu überprüfen. Zum wiederholten Male strich sie eine widerspenstige Strähne ihres schulterlangen Haares aus ihrem Gesicht. Wäre doch blöd, wenn ihre Augenpartie verdeckt würde, wo sie doch über eine Stunde gebraucht hatte, um das Make-up zu perfektionieren. Heute würde sie ihn wiedersehen. Im Gegensatz zu ihm wusste sie etwas, von dem er noch keine Ahnung haben konnte. Ab dem heutigen Tag würde er wieder dem freien Markt zur Verfügung stehen und sie würde bereit sein. Sie durfte keinen Augenblick verschwenden, um der Konkurrenz keine Chance zu geben. Sie wollte ihn trösten und liebevoll in die Arme nehmen. Ein Platz, wo er immer schon hätte sein sollen. Aber wie so viele vor ihm, war auch er den Reizen ihrer besten Freundin Hanna erlegen. Sie nahm es ihm nicht übel. Wie hätte er wissen sollen, dass sie ihn schon seit dem Tag vergötterte, als sie sich bei einer Party in Sundern zum ersten Mal begegnet waren. Ben war nicht nur gutaussehend, sondern würde auch bei der anstehenden Abschlussfeier ein Zeugnis mit einem Notendurchschnitt mit einer eins vor dem Komma erhalten. Im Gegensatz zu seiner Noch-Freundin Hanna, deren schulische Leistungen sich eher im Mittelfeld bewegten. Die mangelnde Intelligenz machte sie allerdings durch ihre Schönheit und die rhetorischen Fähigkeiten mehr als wett. Aber waren diese Eigenschaften die Zutaten für eine richtige Beziehung? Nein, auf keinem Fall! Sie war sich vollkommen sicher, dass Ben seinen Hanna-Irrtum bald eingesehen hätte. Doch dieses war nun nicht mehr nötig. Hanna würde die Liebesromanze heute beenden, und dann würde ihre Stunde schlagen. Sie schaute noch einmal in den Spiegel. Jawohl, sie war bereit.

Freitag   17.30 Uhr

„Welche Dose Fisch willste dir mitnehmen, Heinz-Otto?"
„Die mit Mais."
„Die haste aba beim letzten Mal nicht gut vertragen, woll."
„Ach."
Amüsiert beobachtete Max Knapp das ältere Pärchen, das sich lautstark unterhielt. Es war nicht die erste Begegnung mit den Alten. Beinahe jedes Mal, wenn er in den kleinen Dorfladen in Hagen, einem Ortsteil von Sundern von vielen auch liebevoll Kuhschisshagen genannt, hineinhuschte, um einen Einkaufsauftrag seiner Frau zu erledigen, traf er auf die schrulligen Senioren.
„Entschuldigen Sie", sagte er höflich, um deren Aufmerksamkeit auf seine Person zu lenken. Nicht nur ließen sie jeden an ihrer lauten Konver-

11

sation teilnehmen, sie verbarrikadierten auch noch den Durchgang mit ihren Rollatoren. „Darf ich mal vorbei?"

„Ja, sind Sie nicht der neue Kommissar? Ich habe Sie schon öfter hier gesehen. Ermitteln Sie hier im Supermarkt undercover?"

„Wo ist der denn?", fragte der Alte und sah seine Gattin mit hochgezogenen Augenbrauen an. „Wer?"

„Na, der Supermarkt ‚anderkawa' von dem du gesprochen hast. Übrigens ein eigenartiger Name, woll."

Max Knapp konnte sich ein Schmunzeln nicht verkneifen, das sofort verebbte, als er in das strafend blickende Gesicht der Seniorin schaute. „Machen Sie sich etwa über meinen Mann lustig?", fragte sie in einem angriffslustigen Ton und wirkte dabei wie eine Löwin, die ihr Junges verteidigt. In diesem Moment war Max sehr froh darüber, dass die alte Lady keinen Stock bei sich hatte. Die Gefahr, dass sie ihren Rollator für Kampfzwecke missbrauchen würde, schien doch eher gering.

„Nein, nein natürlich nicht!", versicherte er. Es lag ihm fern irgendwelche Streitigkeiten mit der lokalen Bevölkerung heraufzubeschwören. Auf keinen Fall! Man sollte es sich niemals mit den Einheimischen verderben, da sie über eine enorme Beobachtungsgabe verfügten, die sich in der Vergangenheit immer wieder als sehr nützlich erwiesen hatte. Dies war eine allgemeine Polizistenweisheit.

„Wenn ich nur mal kurz passieren dürfte?", fragte er galant, um nicht den Zorn der alten Dame weiter zu schüren.

„Passiert? Was ist denn passiert?", warf der Grauhaarige ein und blickte Max Knapp neugierig an. Seine Augen leuchteten dabei voller jugendlichem Tatendrang. Noch bevor Max eine Antwort formulieren konnte, mischte sich die alte Dame in das Gespräch ein.

„Heinz-Otto, wie oft habe ich dir schon gesagt, dass du dein Hörgerät einschalten musst."

„Aber, ich höre doch alles!", antwortete dieser mit zitternder Unterlippe. „Und ich will die mit Mais", fügte er trotzig hinzu, während er mit einer erstaunlichen Geschwindigkeit zwei Fischkonserven in den Korb seiner Gehhilfe packte. Seine Gattin sagte kein Wort, aber Max konnte unschwer an ihrer Mimik erkennen, welche Gedanken ihr gerade durch den Kopf gingen. Er sah vor seinem geistigen Auge Rauchwölkchen aus ihren Nasenflügeln aufsteigen, als sei sie ein Vulkan, der kurz vor dem Ausbruch steht. Es war definitiv Zeit diesen Ort zu verlassen.

„Entschuldigen Sie bitte", sagte er mit übertriebener Höflichkeit und quetschte sich an den beiden vorbei, um endlich seinen Einkauf fortzusetzen.

„Wenn etwas passiert ist, dann sollten Sie mal

unseren Nachbarn aufsuchen. Der ist nämlich vom anderen See, woll", murmelte der Alte, als Max Knapp sich an ihm vorbeischob.

„Vom anderen See?", hakte er nach und blickte den Alten erstaunt an. Doch dieser schien das Interesse an einer weiteren Konversation verloren zu haben.

Noch auf der Rückfahrt musste Max an die beiden sauerländischen Unikate denken. Sollte er der Äußerung des Alten nachgehen und dem Herrn einen Besuch abstatten? Wäre wahrscheinlich nicht so schwierig, die Adresse in Erfahrung zu bringen.

„Ich weiß nicht, ob es eine gute Idee ist", murmelte Max gedankenverloren. In genau diesem Moment geschah es. Das Lied, welches im Autoradio erklang war mehr als der berüchtigte Ohrwurm. Es war sein Portal in die Vergangenheit.

„Ich weiß nicht, ob es eine gute Idee ist. Vielleicht sollten wir nur spazieren gehen."
„Quatsch", entgegnete sie entrüstet und schüttelte ihren blonden Lockenkopf.
Er liebte sie. Jede Pore ihrer Haut, jedes einzelne Haar, ihre blauen Augen, ihre wohlklingende Stimme – einfach alles! Sie war das fehlende Puzzlestück in seinem Leben, das seinem Dasein einen Sinn gab.
„Ich rufe nur schnell Zuhause an, um zu hören,

ob es Merlin und Fee gut geht."

„Es wird ihnen schon an nichts fehlen. Man könnte fast meinen, du liebst sie mehr als mich."

„Sie sind aber auch sooo süß", antwortete Marie und begann eine Nummer in ihrem Mobiltelefon zu suchen.

„Na toll", murmelte er. „Kaum taucht ein Katzenpärchen in unserem Leben auf, werde ich abserviert."

Marie reagierte nicht auf seine Stichelei, sondern winkte nur ab und widmete sich angeregt ihrem Telefonat. Max seufzte und zuckte mit den Schultern. Offensichtlich war er für diesen Moment überflüssig und könnte sich noch ein paar Minuten Ruhe gönnen. Er steuerte das gegenüberliegende Zimmer an, um sich in dem bequemen Ohrensessel niederzulassen. Von dort aus musterte er all die Dinge, die im Raum verstreut lagen, als habe ein Einbrecher ihre Habseligkeiten durchwühlt. Doch der Schein trog, denn alles hatte seine Ordnung. Oder sollte er besser sagen, „Maries Ordnung", die sich von seiner deutlich unterschied. Ihr Chaos war eine Eigenschaft, mit der sich Max mittlerweile arrangiert hatte, obwohl er diesen Zustand nicht wirklich billigte. Aus dem Nachbarraum hörte er Marie kichern, untermalt von ein paar Worten wie: „Ach was. Nein, wie niedlich." Max stieß erneut einen Seufzer aus. Er würde sich wohl oder übel mit dem Gedanken anfreunden müssen, dass er von „Mer-

lin und Fee", unmittelbar nach deren Eintreffen vor einem Jahr, auf Platz zwei verdrängt worden war. *Wo würde er erst in drei Monaten landen, wenn sich der nächste Familienzuwachs dazugesellen würde?*

Freitag   23.00 Uhr

Sie würde seine Schützenkönigin werden! Es kam überhaupt keine andere Person in Frage. Er sah sich schon jetzt mir ihr in die Halle einmarschieren zum Takt der Marschmusik. Die Menge würde ihnen zujubeln und alle männlichen Schützenfestteilnehmer würden ihn um seine Begleitung beneiden. Doch sie gehörte ihm – nur ihm! Leider war bisher noch nicht der richtige Augenblick gekommen, um ihr dieses mitzuteilen, obwohl er sie den ganzen Abend beobachtet hatte. Immer war sie umringt gewesen von einem Schwarm von Menschen, die sie vollkommen in Beschlag genommen hatten. Er hatte ihr Lachen gehört und ab und zu einen Blick auf ihr perfektes Gesicht erhaschen können. Auf die in seinen Augen, vollkommene Schönheit. Wenn sie erst zugestimmt hatte, an seiner Seite die Regentschaft zu übernehmen, wer weiß was dann passieren würde? Er lächelte und nippte verhalten an seinem Bier. Alkohol war stets sein treuer Begleiter, wenn er der Trostlosigkeit des Alltags entfliehen wollte und um die Hemmschwelle abzubauen, die ihn umgab wie einen schützenden Panzer. Mit einem erhöhten Alkoholpegel war er in der Lage, Dinge zu tun. Sachen, die er ohne diesen alkoholischen Zaubertrank nicht bewältigten würde. Es war fast eine Art Verwandlung, die auch Superman durchmachte, obwohl dieser keinen Spezialtrank benötigte. Trotzdem hatte er viele Gemeinsamkeiten mit diesem Helden. Auch er schien nahezu unsichtbar zu sein in der Menschenmenge. Eine graue Maus, die die meisten übersahen. Nur wenn er zur Tat schritt, wurde ihm Aufmerksamkeit zuteil. Bald würde es wieder soweit sein. Alle würden zu ihm aufschauen - zu ihm und seiner Königin.

Samstag   07.30 Uhr

„Nur Platz drei! Das ist so gemein!"
Max schreckte auf und blickte in das Gesicht seines Sohnes, der auf der Bettdecke saß und ihn anstarrte. Er benötigte einen Augenblick um seine Gedanken zu sortieren. Na klar! Es war Samstag. Das bedeutete dienstfreie Zeit, die er mit seinen Lieben verbringen konnte. Als er gestern total aufgewühlt nach Hause gekommen war, hatte sein Sprössling bereits geschlafen, was ihn mehr als erstaunt hatte. Doch die Sorge, dass er krank sein könnte, hatte seine Frau Jule sofort ausgeräumt.
„Keine Angst. Er hat den ganzen Tag Fußball

gespielt. Irgendwann muss er mal müde werden", hatte sie gesagt, während sie seine Einkäufe verstaute.

„Dann haben wir den Rest des Tages für uns", hatte er dankbar gesäuselt und seine Arme um ihre Taille geschlungen. Jule hatte seine Liebkosungen sofort erwidert und sich an ihn geschmiegt. Sie hatte schon immer ein absolutes Gespür für seine Gemütslage gehabt. Obwohl er nun allein im Bett lag, glaubte er die Wärme ihres Körpers noch spüren zu können. Es war ein wunderbarer Abend gewesen. Max lächelte, als er die Einzelheiten in seinem Kopf Revue passieren ließ.

„Warum lachst du? Platz drei ist doch blöd!", meckerte Klein-Elias und verschränkte demonstrativ die Arme vor der Brust.

„Nun, immerhin gibt es noch eine Medaille", lenkte Max ein und betrachtete seinen Sohn. Er war sehr froh, dass Jule mit ihrer Äußerung Recht behalten hatte, dass er am gestrigen Tag nur erschöpft gewesen war. Da ihr Dreijähriger aus geballter Energie zu bestehen schien, war er an einen „schlappen" Elias, der früh ins Bett ging, einfach nicht gewöhnt. Zum Glück konnte Jule Elias in den Kindergarten mitnehmen, in dem sie als Halbtagskraft tätig war. So bekam ihr gemeinsamer Sprössling die Gelegenheit mit Gleichaltrigen zu toben. Sie hätten ihrem Wirbelwind sehr gern ein Geschwisterchen geschenkt, doch aus unerklärlichen Gründen hatte es bisher nicht geklappt. Nach zwei Fehlgeburten waren sie zu dem Entschluss gelangt, es nicht erzwingen zu wollen, um auf diese Weise den Druck zu verringern. Doch er wusste, dass die Situation Jule sehr belastete, obwohl sie es geschickt zu verbergen versuchte.

„Warst du im Tor?", fragte Max seinen Sohn, während er sich aus dem Bett schwang und in Windeseile anzog.

„Ich bin doch Stürmer, Papa!", erwiderte Elias voller Entrüstung.

„Aber hast du mir nicht gesagt, dass du lieber Torwart werden möchtest", hakte Max nach und überprüfte sein Aussehen im Spiegel des Kleiderschrankes, der gegenüber vom Doppelbett stand. Max nickte zufrieden und riss sich dann von seinem Anblick los, da er sich wunderte, dass er immer noch keine Antwort von seinem Sohnemann erhalten hatte.

„Elias?" Doch dieser war nirgendwo mehr zu sehen. „Typisch", murmelte er, „der Junge kann keinen Augenblick stillstehen."

Nach einem letzten flüchtigen Blick in den Spiegel machte er sich auf dem Weg. Das gemeinsame Frühstück war ein Highlight am Wochenende, das er für kein Geld in der Welt verpassen wollte. Allerdings irritiere ihn die Tatsache, dass Jule das Schlafgemach bereits verlassen hatte. Eigentlich war es, sofern er keinen Dienst hatte, seine Aufgabe, die Brötchen am Samstag und Sonntag in der ansässigen Bäckerei zu kaufen. Hatte er verschlafen? Max überprüfte die Uhrzeit auf seinem Mobiltelefon: 7.30 Uhr.

„Frühstück ist fertig, mein Schatz!", trällerte in diesem Moment seine Gattin.

Max Verwirrung wuchs. Das war doch sein Text, mit dem er am Wochenende den Morgenimbiss einläutete. Was zum Teufel war hier los? Noch bevor er die Treppe zum Erdgeschoss erreichen konnte, kam ihm Kater Merlin entgegen.

„Guten Morgen Merlin."

Der weiße Stubentiger bedachte ihn mit einem vorwurfsvollen Blick aus den blauen Augen, streifte kurz Max´s Beine, bevor er durch die offene Schlafzimmertür in das Innere des Raumes verschwand.

„Oh, da hat wohl jemand keine Lust auf Konversation. Soll ich das Bitte-Nicht-Stören-Schild an der Zimmertür anbringen?", fragte Max amüsiert, ohne eine Antwort zu erwarten.

Danach wandte er sich wieder der Treppe zu und sog den Kaffeeduft in sich ein, der von unten heraufströmte und ihm wie eine Fährte den Weg wies. In der Küche angekommen nahm er in Sekundenschnelle jedes Detail in sich auf. Die jahrelange Polizeiarbeit hatte seine Spuren hinterlassen. Dieses Abchecken eines Raumes, um sich ein Bild von der Lage zu machen, war eine Angewohnheit, die man nicht einfach am Wochenende ablegen konnte. Seine Begabung in kürzester Zeit Schlussfolgerungen zu ziehen, nachdem er einen Ort inspiziert hatte, war eine Fähigkeit, die ihm in Freundeskreisen den Spitznamen „Mr. Holmes" eingehandelt hatte. Seinen Einwand, dass es sich bei diesem Charakter um einen fiktiven Detektiv handeln würde, hatten seine Freunde ignoriert.

„Wollt ihr weg?", fragte er, als sein Blick auf einen gepackten Rucksack fiel.

„Na klar", antwortete Jule mit hochgezogenen Augenbrauen, „darüber haben wir doch schon oft gesprochen. Heute fahren Elias und ich zusammen mit Sammy und Ella nach Neheim. Für den Nachmittag haben wir dann noch Karten für die Freilichtbühne Herdringen, um uns das Familienstück anzuschauen. Mensch Max! Du bist Polizist und zerstreuter Professor in einer Person."

Max lächelte nur und setzte sich an den gedeckten Tisch, ohne Jules versteckten Vorwurf zu kommentieren. Die Freilichtbühne Herdringen war sein Stichwort gewesen, um sich alles wieder ins Gedächtnis zurückzurufen. Ja, er erinnerte sich wieder daran, dass Jule den Ausflug mit Sammy mehrfach erwähnt hatte. Sabine Anna Manuela Mia Wessel kurz Sammy war eine Freundin seiner Frau aus Kindertagen. Er mochte die quirlige Blondine. Sie erinnerte ihn an Marie – seine Marie. Max seufzte.

Samstag   07.30 Uhr

Er beobachtete sie schon eine ganze Weile. „Ein schöner Tag um zu sterben", murmelte er und unterbrach damit das Schweigen. Sein Gegenüber verharrte und musterte ihn interessiert. Ein leichter Wind raschelte in den frisch-grünen Blättern. Ansonsten war es still - gespenstisch ruhig, als hielte die Natur den Atem an. Dann ging alles blitzschnell. Wie eine giftige Natter schnellte er nach vorn. Seine Hände umklammerten den schlanken Hals. Für einen Moment spürte er das pulsierende Leben zwischen seinen Fingern. Wieder einmal durfte er wählen zwischen Leben und Tod. Er liebte dieses Gefühl. In diesem Augenblick war er Jemand. Ein gottgleicher Gebieter, der folgenschwere Entscheidungen zu treffen hatte. Doch auch dieses Mal hatte er seinen Entschluss schnell gefasst. Sie schien es zu spüren. Ihre anfängliche Lethargie wich und aktivierte ungeahnte Kräfte. Sie wandte und drehte sich, während gurgelnde Laute aus ihrer Kehle drangen. Er verstärkte den Druck, bis er mit einem geübten Ruck ihr Genick brach. Ihr Körper erschlaffte. Wie bei jedem Mal gackerte die Hühnerschar. Leider hatte er noch nicht herausfinden können, ob sie aus lauter Empörung dieses Gezeter veranstalteten, oder ob es eine Art von Erleichterung war, dass der Todeskampf beendet war. Er hatte kein besonderes Schema nach dem er vorging. Es war doch viel spannender, das Opfer spontan auszusuchen. Zufrieden betrachtete er sein Werk. Der schlaffe Körper lag noch immer auf dem Boden, der Glanz in den schwarzen Augen erloschen. Dunkel, wie das Firmament in einer sternlosen Nacht. Er bückte sich schwerfällig, um das tote Tier aufzuheben, dessen weißes Gefieder leicht vom Wind bewegt wurde, als wollte sich der Kadaver in die Lüfte erheben. Mit dem Huhn machte er sich auf den Weg zu seinem Haus, das von Büschen und Bäumen umgeben war, und damit einen sicheren Schutz vor neugierigen Blicken bot. Dieses Domizil war seine „Burg", die er mit seinen Hühnern und Hund Bruno, der ihn aufgrund seines Alters nicht mehr so häufig begleiten konnte, bewohnte. Bald würde der Tag kommen, an dem er seinen treuen Begleiter von den Schmerzen erlösen müsste. Dieser Gedanke erzeugte einen Anflug von Wehmut, der jedoch nur von kurzer Dauer war.

„Keine Zeit für Gefühlsduseleien", murrte Paul und schlurfte langsam weiter. In seiner Hand das tote Federtier, dessen Kopf im Takt seiner Bewegungen hin- und herpendelte. Auf dem Weg passierte er einen Erdhügel. Dort verharrte er für einen Moment und betrachtete die Fläche nachdenklich. Er musste unbedingt daran denken, Gemüsepflanzen zu besorgen, damit niemand Verdacht schöpfte. Ein plötzlich auftretendes Stimmengewirr zerstreute diese Gedanken. Vorsichtig bewegte er sich Richtung Zaun und lugte durch die Büsche. Von dieser Stelle hatte er eine perfekte Sicht auf das einzige Nachbarhaus. Wenn er Glück hatte, erhaschte er einen Blick auf sie. Seine einzige, wahre Liebe. Wäre sein Leben anders verlaufen, wenn sie an seiner Seite gewesen wäre? Paul seufzte. Es gab einfach Fragen im Leben, die man nicht beantworten konnte. Doch es waren Fragen, die ihn immer wieder quälten und die immer wieder auftauchten, so unvermeidbar wie die Nacht auf dem Tag folgt.

Samstag   08.15 Uhr

Warum? Warum? WARUM? Leonie umklammerte ihr Mobiltelefon, als wäre es ein Stück Treibholz, welches sie im tosenden Meer vor dem sicheren Tod bewahrte. Sie hatte schon mehrmals versucht eine Nachricht zu verfassen. Doch immer wieder löschte sie den Text, unfähig ihre Gefühle in Worte zu fassen. Der gestrige Abend hatte sich zu einem Desaster entwickelt, obwohl alles so gut angefangen hatte. Während sie von dem Großteil der männlichen Gäste mit bewundernden Blicken überhäuft worden war, hatten die weiblichen Partyteilnehmer mit einer spürbaren Missgunst reagiert, die ihr damit wohl signalisieren wollten, Abstand von deren Begleitern zu halten.

„Du siehst klasse aus." „Ey, ich will deine Handynummer!" Sätze, wie diese hatten im Kontrast gestanden zu: „Lass bloß die Finger von meinem Freund!", oder „Dein Look wirkt ein wenig nuttig!"

Doch alle netten sowie die gehässigen Kommentare waren an Leonie abgeprallt, wie die Wassertropfen auf dem Lack eines Neuwagens. Aufgrund der Aufmerksamkeit hatte sie sich gefühlt wie eine Königin. Für einen Moment schloss sie die Augen, um alle Vorfälle des gestrigen Abends in ihrem Geiste noch einmal lebendig werden zu lassen. Obwohl es nur in ihrer Vorstellung stattfand, glaubte sie ihr Herz würde aufhören zu schlagen, als sie Ben mit seinem Begleiter Matheo auf sich zukommen sah.

„Hi, du siehst toll aus!", hatte er zu ihr gesagt und ihr ein Lächeln geschenkt. Sie war unfähig gewesen ein Wort mit ihm zu wechseln. Allein die Tatsache, dass er sie überhaupt wahrgenommen hatte, hatte in ihrem Innern ein Wechselbad der Gefühle ausgelöst.

„Weißt du, wo Hanna ist?"

Mühsam hatte sie versucht ihr Sprachzentrum zu aktivieren. Doch noch bevor sie seine Frage beantworten konnte, war Hanna auf Ben zu gerauscht und hatte ihn besitzergreifend umarmt. „Da bist du ja mein Schatz", hatte sie gehaucht und ihn mit einer Flut von Küssen überhäuft. Sie erschien Leonie wie eine Gottesanbeterin, die danach giert ihr Männchen nach dem Geschlechtsakt zu vernichten.

„Was machst du da?", war es aus Leonie herausgerutscht. „Wolltest du nicht Schluss machen?" Während Bens Freund Matheo sie erstaunt und mit einer Art von Entsetzen angesehen hatte, hatte Hanna keinerlei Emotionen gezeigt. Ben hingegen hatte nur gezuckt, doch da Hanna ihn immer noch wie ein Schraubstock umklammert hielt, boten nur die weit aufgerissenen Augen ein Indiz für seine Verwirrung. Plötzlich hatte Hanna von ihm abgelassen und sich Leonie zugewandt. „Du solltest keinen Alkohol trinken, meine Liebe!" Mit diesen Worten, Ben hinter sich herziehend, war sie im Getümmel der anderen Gäste verschwunden. Den Rest des Abends hatte Leonie notgedrungen mit Matheo verbracht. Er war ein liebenswerter Kerl, den man nicht als unattraktiv bezeichnen würde. Aber irgendwie war Matheo mehr der verständnisvolle Kumpel, den man nicht als *den* Freund in Betracht ziehen würde. Nein, da kam nur einer in Frage. Leonie kehrte zurück aus ihrer Gedankenwelt. Die Erinnerung an den Abend war schmerzhaft, wie eine offene Wunde, in der immer noch ein Messer steckt. Warum hatte Hanna Ben nicht den Laufpass gegeben? Wollte sie ihr eins auswischen? Ihr konnte auf keinen Fall entgangen sein, dass sie, Leonie, starke Gefühle für Ben hegte. Aber niemals hätte sie versucht Hanna ihren Freund auszuspannen. So etwas macht man nicht unter Freundinnen. Doch war Hanna wirklich eine Freundin? Sie kannten sich schon seit dem Kindergarten. Im Laufe dieser Zeit war viel passiert. Leonie hatte Hanna Trost gespendet, als deren Mutter bei einem Tauchunfall ums Leben gekommen war. Abgesehen davon war sie immer die Notlüge gewesen, wenn es darum gegangen war, Hannas Vater von etwas zu überzeugen. Wie oft hatte sie ihm versichert, dass Hanna bei ihr übernachten würde und damit deren Ausflüge und Liebeleien gedeckt. Nicht zu vergessen, ihre Hilfe bei den Hausaufgaben. Doch wenn sie es genau überlegte, fiel ihr nichts ein, was Hanna je für sie getan hatte. Nun gut, es war natürlich ein Privileg zur Clique von Hanna zu gehören, die mit ihrem speziellen Auftreten jeden in ihren Bann ziehen konnte. Aber verdiente Hanna die Bezeichnung „Freundin"? Es war Leonie, als kehrte sie plötzlich aus einer langen Traumphase zurück in die Wirklichkeit. Danach starrte sie für einen Moment ihr Mobiltelefon an, bevor sie mit flinken Fingern eine Nachricht verfasste. Sie zögerte nur den Bruchteil einer Sekunde. Dann betätigte sie den „Senden" Button.

Samstag   08.30 Uhr

Das Miststück hatte ihm keine Gelegenheit gegeben, ihr von seinem Vorhaben zu berichten. Schuld daran hatte einzig und allein dieser junge Kerl, der immer an ihrer Seite zu sein schien. Er hasste diese Sorte Mensch! Sie erreichte alles im Leben, ohne einen Finger zu rühren. Diese gut aussehenden Burschen, die mit einer Riesenportion an Selbstbewusstsein ausgestattet worden waren, reihten scharenweise hübsche Mädels um sich. Die Blicke der jungen Damen betrachteten solche Individuen mit großem Interesse, während er in ihren Augen immer der Versager sein würde. Doch wie bereits erwähnt, änderte sich dieses Verhalten schnell, wenn er zur Tat schritt und seine Kamera zückte. Leider hielt diese Aufmerksamkeit nicht sehr lange an. Danach wurde er wieder der Unsichtbare, so wie einst Superman, der eine Brille aufsetzte und sein Haar anders frisierte und schon in den Massen untertauchte.

Samstag   09.00 Uhr

„Wir kaufen uns ein Haus am See! Versprich es mir, Max!"
„Ein Haus am See? Ich dachte, du liebst die Berge?"
„Trotzdem möchte ich am Wasser wohnen", antwortete Marie trotzig und wirkte dabei wie ein Teenager, der mit allen Mitteln seinen Willen durchsetzen will.
„Bevölkert mit vielen Kindern und Enkelkindern", lachte Max und erhöhte die Lautstärke des Radios, welches soeben ein Lied präsentierte, indem es um ein Haus am See ging.

„Genau", erwiderte Marie und leckte seine Hand.

Moment einmal! Das passte doch nicht. Es war wie das Aufwachen aus einer Trance. Max saß noch immer am Tisch mit dem Kaffeebecher in der Hand, während Kater Merlin es sich auf dem Frühstücksbrettchen bequem gemacht hatte. „Merlin, was machst du da?"

Als Antwort rieb Kater Merlin seinen Kopf an Max´s Hand und begann zu schnurren, während er weiterhin mit seiner Raspelzunge sanft über die Hand leckte. Max stellte den Kaffeebecher ab und packte den Weißen, um ihn auf seinen Schoss zu setzen. Danach begann er durch das dichte Fell zu kraulen, was die Schnurrfrequenz erhöhte.

„Tja, da sind wir wohl heute allein in unserem Haus am See", sagte er und blickte durch die Scheibe. Nicht weit entfernt ruhte der Sorpesee still und friedlich. Zu dieser Zeit, in der die Büsche und Bäume von üppigem Grün bedeckt waren, musste man sich allerdings mit einer eingeschränkten Sicht auf den See begnügen. Als sich Max die Gelegenheit geboten hatte ein Haus am Sorpesee zu erwerben, hatte er nicht lange gezögert. Irgendwie hatte er sich verpflichtet gefühlt Marie diesen Wusch zu erfüllen, obwohl er zu jener Zeit bereits mit Jule liiert war. Den Entschluss, dieses Grundstück zu kaufen, hatte er bis heute nicht bereut. Wer hätte damals gedacht, dass er nach so einem Schicksalsschlag wieder glücklich sein würde. Max war dankbar für die zweite Chance, doch die Vergangenheit war immer allgegenwärtig, war ein Teil seiner Persönlichkeit, ein Abschnitt in seinem Leben.

„Gott bewahre, dass du dich zu einem griesgrämigen Kommissar entwickelst, der in seinem Leben nicht *zurechtkommt"*; hatte seine Marie stets gewitzelt. Sie hatten es geliebt zusammen auf dem Sofa zu sitzen und englische Krimis zu schauen. Dieser Mix aus schrulligen Gestalten, die in landschaftlich reizvoller Idylle auf skurrile Art und Weise ihr Unwesen trieben, war stets eine willkommene Abwechslung zum Polizistenalltag gewesen. Die beiden Stubentiger waren immer in unmittelbarer Nähe gewesen, als hegten auch sie ein Faible für diese Art der Fernsehunterhaltung.

„Versprich mir, Max, dass du nie die Freude am Leben verlierst", hatte Marie damals gesagt und Kater Merlin den Auftrag erteilt, dieses zu überwachen. Max lachte kurz auf, während er durch das dichte Fell des Stubentigers strich. Noch heute hatte er das Gefühl, wenn Merlin ihn mit seinen blauen Augen ansah, dass er seine Aufgabe sehr ernst nahm. Es war dieser intensive Blick, der Max das Gefühl vermittelte, seine Marie schaute ihn an. Aber das war natürlich Unsinn, oder?

„Also Merlin, was machen wir beide heute?" Abrupt beendete der imposante Maine Coon Kater das Schnurren, schüttelte sich und sprang danach leichtfüßig von Max Schoß herunter. Auf dem Fliesenboden angekommen, streckte er seine Glieder und entblößte gähnend sein Raubtiergebiss.

„Ach, ich verstehe", lachte Max, „der gnädige Herr möchte noch ruhen." Ohne Hektik verließ das Katertier die Küche. Max schaute noch eine Weile gedankenverloren hinterher, bevor er den mittlerweile kalten Kaffeerest trank. Ein ohrenbetäubender Lärm ließ ihn zusammenzucken.

Samstag 09.00 Uhr

Er hatte den Brief nie abgeschickt, der vom vielen Lesen schon abgegriffen war, doch das spielte keine Rolle, da er den Inhalt in- und auswendig kannte. Mit Wehmut betrachtete er seinen Hund Bruno, der schwerfällig den Kopf gehoben hatte und ihn mit den dunklen Augen anblickte. Er hätte niemals gedacht, dass es ihm so schwer fallen würde, das Unvermeidliche zu akzeptieren. Er legte den Zettel auf den Tisch und machte sich auf den Weg in die Küche, um ein Bier aus dem Kühlschrank zu holen. Obwohl es noch früh am Morgen war, verspürte er den Drang seinen Kummer mit einem Hefegetränk herunterzuspülen.

„Bemühe dich nicht aufzustehen", sagte er an Bruno gewandt, der wie immer, wenn sein Herrchen ihn ansprach, mit einem Laut antwortete. Paul schaute seufzend in seine Richtung. Fünfzehn lange Jahre hatte Bruno die Einsamkeit erträglicher gemacht. Es war selbstsüchtig ihn nicht gehenlassen zu wollen. Er wusste, dass es für das Tier besser wäre. Doch irgendwie fühlte es sich nicht besser an. Vielleicht war er wirklich verrückt oder gaga. Das beinhaltete zumindest der Spitzname, der ihm zugeteilt worden war. Gacka-Paul, eine Wortschöpfung aus dem Hühnergegacker und gaga, einem Synonym für nicht ganz bei Verstand zu sein. Natürlich wagte niemand ihn so zu nennen, wenn er bei seinen seltenen Einkaufsgängen jemandem begegnete. Ganz im Gegenteil, die meisten mieden jeglichen Kontakt. Er glaubte sogar einen Anflug von Angst in deren Augen zu erkennen, als wäre er der Leibhaftige in Person. „Ich gehe kurz nach draußen", sagte er, um Bruno zu informieren, der dieses Mal mit einem leisen Winseln antwortete. Paul schloss die Tür hinter sich. Kaum im Garten angekommen, genehmigte er sich einen großen Schluck aus der Pulle und schlurfte langsam Richtung Zaun. Dort lugte er durch die Büsche und beobachtete das Nachbarhaus. Als die Tochter seiner großen und einzigen Liebe Elsbeth das Haus gekauft hatte, hatte dieses Ereignis alle schmerzlichen Erinnerungen wieder an die Oberfläche gespült. Seine Elsbeth, mit der er die glücklichsten Jahre seines Lebens verbracht hatte, bevor sie sich in einen Franzosen verliebte, der sie mit in sein Heimatland genommen hatte. „Oh Paul", hatte sie gemurmelt, „es tut mir so leid." Er erinnerte sich noch wie heute an diesen Augenblick, der sein ganzes Leben verändert hatte. Wie könnte er diesen Moment auch jemals vergessen? Immerhin wollte er ihr an diesem Tag einen Heiratsantrag machen. Er hatte nie mit ihr darüber gesprochen. Nicht dass sie es nicht versucht hatte mit ihm in Kontakt zu bleiben. Freunde sollten sie bleiben, hatte sie vorgeschlagen. Doch das konnte er nicht. Viel zu tief saß der Schmerz, wie ein Stachel in seinem Innern, den man nicht entfernen konnte. Anfangs hatte sie sich oft telefonisch gemeldet, oder war sogar spontan vor seiner Haustür aufgetaucht, wenn sie aus der Ferne in ihren Geburtsort zurückgekehrt war. Doch er hatte es stets geschafft, ihr aus dem Weg zu gehen. Allein ihr Anblick war unerträglich, ein Martyrium mit nie enden wollenden Höllenqualen.

Auf eine besondere Art und Weise war seine Elsbeth immer noch ein Teil seines Lebens. Einem plötzlichen Impuls folgend stellte er sein Getränk auf den Boden und öffnete die Metallbox, die, von den Büschen verborgen, wie eine deplatzierte Schatztruhe wirkte. Aus der kleinen Truhe holte er ein Fernglas, mit dem er mehrmals am Tag das Nachbarhaus überwachte. In der Dämmerung benutzte er sein Nachtsichtgerät, welches ebenfalls einen Platz in der Kiste hatte. Er sah es als

seine Liebespflicht an, Elsbeths Kinder und En-
kelkinder zu überwachen und damit vor vermeintlichen Gefahren zu beschützen. Nicht dass sie in
einer gefährlichen Gegend lebten, aber man konnte schließlich nie wissen, wann oder wo etwas
passierte.

„Ach, sieh mal einer an", murmelte er, als er
Frank Burgwein, den pensionierten Polizisten
erkannte. Frank Burgwein war einer der wenigen
Personen, mit denen Paul eine Art Freundschaft
verband. Er schätze nicht nur dessen allzeit gut
gefüllten Flachmann und dessen Erzählkunst,
sondern da gab es noch ein Ereignis, welches sie
zusammengeschweißt hatte. Paul ließ das Fernglas sinken und blickte mal wieder zum Erdhügel,
der sich ein paar Meter von ihm entfernt befand.
„Hm", sagte er, verstaute das Sehrohr, griff nach
der Bierflasche, die er in einem Zug leerte und
schlurfte danach zurück ins Haus. Dort angekommen stellte er die Flasche auf den Küchentisch und sagte: „Ich glaube, wir sollten ein paar
Gemüsepflanzen kaufen, Bruno. Was meinst du?"
Doch Bruno antwortete nicht.

Samstag   12.00 Uhr

Er zögerte, bevor er sich dazu entschloss den
Klingelknopf zu drücken. Dies war erst sein
zweiter Besuch bei Mechthild und Frank Burgwein. Allerdings lag der erste schon einige Jahre

zurück. Trotz dieser langen Zeitspanne konnte er sich noch gut an den blühenden Garten erinnern. „Meine Frau hat zwei grüne Daumen", hatte ihm Frank Burgwein damals voller Stolz erklärt. Diese schien sie allerdings in der Zwischenzeit verloren zu haben, denn die unkrautfreie Gartenpracht hatte sich in einen Dschungel verwandelt. Na ja, vielleicht ist das so gewollt, dachte Max und wandte sich wieder der Haustür zu.

„Hm, wohl keiner zur Mittagszeit Zuhause", stellte er mit Erstaunen fest.

Als Max der Geräuschquelle in seinem Haus auf die Spur gegangen war, hatte er relativ schnell Kater Merlin als den Übeltäter entlarvt. Der Sprung auf dem Kratzbaum im Flur war missglückt, da Max ihn als Ablage für die Dokumente, die er von seinem Chef erhalten hatte, missbraucht hatte.

„Sorry, war natürlich meine Schuld", hatte Max lachend zugeben müssen, als der Stubentiger ihn vorwurfsvoll angeschaut hatte. Während er die Unterlagen eingesammelt hatte, kam ihm Frank Burgwein in den Sinn. Denn bevor dieser vor einem Jahr in den wohlverdienten Ruhestand gegangen war, war er stets der Ansprechpartner für die privaten Nachforschungen gewesen. Nun war leider diese „ehrenvolle Tätigkeit", wie man sie im Präsidium bezeichnete, ihm anvertraut worden. Vielleicht war es mal an der Zeit, alte Kontakte aufleben zu lassen und den Ex-Kollegen als

Informationsquelle zu benutzen? Insbesondere da er sich durch die Abwesenheit der Familie einem freien Tag gegenübersah, den es sinnvoll zu nutzen galt. Doch wie so oft im Leben, wenn man selbst Zeit hat, schienen alle anderen beschäftigt, denn auch ein weiteres Klingeln brachte nicht den gewünschten Erfolg.

„Mist!", schimpfte Max, der sich insgeheim schon darauf gefreut hatte, eine Tasse Kaffee in netter Gesellschaft einnehmen zu können. Vielleicht hätte ihm Frank Burgwein auch einen Tropfen aus seinem Flachmann angeboten? Nun ja, die beiden genießen wahrscheinlich ihr Rentnerdasein, dachte Max und trat von einem Fuß auf den anderen. Eigentlich könnte er sich jetzt auf den Nachhauseweg machen, doch da war dieses sonderbare Gefühl, das ihn daran hinderte. Dieses „Holmes-Syndrom" war unbeschreiblich und entsagte jeglicher Logik, aber wie ein Süchtiger, der schließlich doch der Versuchung erliegt, gelang es auch Max nicht sich von den wirren Gedanken, die durch seinen Kopf schwirrten, loszureißen.

„Ich muss es einfach tun", murmelte er laut, als versuchte er sein Gewissen zu beruhigen. Ein kurzer Blick nach rechts und links, dann machte er sich auf den Weg, um die Rückseite des Hauses zu inspizieren. Auch in diesem Teil des Gartens schienen die Beikräuter die Oberhand gewonnen zu haben.

„Max, du bist bescheuert!", schalt er sich selbst, als er durch die Terrassentür des Bungalows starrte. Auch im Haus herrschte eine gewisse Unordnung, die eher auf ein Junggesellendasein hinwies als auf ein gemeinsames Rentnerleben. Gläser, Flaschen und Teller standen auf dem Couchtisch, während die Stühle mit Kleidungsstücken belegt waren. Die zwei großen Palmen, die den Erker schmückten, wirkten wie Trockengewächse. Max konnte sich noch genau an seinen ersten Besuch erinnern, als Melanie Burgwein ihm stolz diese Pflanzen präsentiert hatte. Was war im Hause Burgwein passiert? Wo war Melanie Burgwein, die ihn damals wie einen zurückgekehrten Sohn behandelt hatte und nicht wie einen Fremden? „Hm", murmelte Max und riss sich von dem Anblick der durstigen Topfpflanzen los. Beim Umdrehen blieb er mit dem Ärmel seiner Jacke an einem Dornenbusch hängen. Als sich die kleinen spitzen Widerhaken in dem Stoff verhakten, entglitt ihm die Mappe und fiel zu Boden. Dort verteilten sich die Fotos und Notizen dekorativ im Grün der Büsche.

„Mist!", fluchte Max. Während er die Unterlagen wieder einsammelte, schweiften seine Gedanken ab. Er sollte bei Gelegenheit noch einmal bei Frank und Melanie Burgwein vorbeschauen. Sicherlich würde sich dann alles aufklären. Es musste ja nicht immer ein Verbrechen vorliegen, oder?

Samstag   14.00 Uhr

„Ich war total geschockt, als ich deine Nachricht erhalten hatte. Leonie, wie kannst du so etwas von mir denken?"

Leonie war so verblüfft von dieser Gegenfrage, dass ihr Sprachvermögen für einen Moment aussetzte. Es schien als verweigerte es den Dienst, da eine Vielzahl von Argumenten gleichzeitig nach draußen drängten und ihre Artikulationsfähigkeit schlichtweg überforderte. Sie öffnete ihren Kiefer und schloss ihn wieder, ähnlich einem Fisch auf dem Trockenen.

„Natürlich wollte ich Schluss machen! Aber Leonie, was ich an diesem Abend gesagt und gemacht habe, tat ich nur, um dich vor Enttäuschungen zu bewahren. Du bist schließlich meine beste Freundin."

In Leonies Ohren klangen die Worte „Beste Freundin" wie eine Drohung. Reflexartig schüttelte sie ihren Kopf, als könnte sie den eigenartigen Gedanken wie eine lästige Fliege verscheuchen.

„Wieso vor Enttäuschungen bewahren?", räusperte sie sich und war stolz, dass ihre Stimme dabei sogar einen festen Klang behielt und nicht ihren wahren Gemütszustand verriet.

„Ben ist noch total vernarrt in mich. Ich kann ihm zurzeit nicht den Laufpass geben. Stell dir vor er wäre so verzweifelt wie damals Till, der sich nach unserem Beziehungsende das Leben genommen hat."

„Tja, aber hatte Till damals nicht mit dir Schluss gemacht?", warf Leonie ergänzend ein.

„Das spielt doch keine Rolle!", keifte Hanna wie eine giftige Natter. „Offensichtlich hat er es aber nicht ertragen können, ohne mich weiterzuleben."

„Nun, …", begann Leonie. Doch irgendwie fehlten ihr die richtigen Worte, um den Satz zu beenden. Was gab es darüber auch zu sagen? Die traurige Geschichte mit Till lag bereits sechs Jahre zurück. Es schien wie eine Tragöde aus längst vergangenen Tagen und doch war alles noch präsent, als wäre es erst gestern geschehen. Sie hatte Till gemocht. Jeder hatte ihn ins Herz geschlossen. Diesen gutaussehenden Teenager, der seinem Vornamensvetter „Till Eulenspiegel" in Sachen Streiche alle Ehre gemacht hatte. Abgesehen davon hatte er Intelligenz besessen und erkannt, dass Hanna keine wirklichen Gefühle für ihn hegte. Leonie konnte sich noch genau daran erinnern, wie entrüstet Hanna gewesen war, als er ihr verkündet hatte, dass Schluss sei. Aus! Vorbei! Finito! Bis zu dem Tag war es stets Hannas Privileg gewesen, eine Beziehung zu beenden. Zumindest behauptete Hanna dies und niemand konnte ihr das Gegenteil beweisen. Denn der Junge namens Robin, mit dem sie vor Till zusammen war, hatte nach einem nächtlichen Besuch bei Hanna einen tödlichen Mopedunfall. So blieb bis heute im

Unklaren, was sie an jenem Abend wirklich besprochen hatten. Doch was auch immer passiert war, mittlerweile konnte man das Sammeln von Beziehungen als eine Art Hobby von Hanna betrachten. Was Leonie mal wieder mit der Frage konfrontierte, warum sie sich überhaupt noch mit Hanna abgab.

„Du spielst mit den Gefühlen anderer", hatte Leonie Hanna vorgeworfen. Doch diese hatte nur gelacht und erklärt, dass sie schließlich niemanden zwingen würde, mit ihr zusammen zu sein. Außerdem wäre es ihr gutes Recht Liebeleien zu beenden, die sie nicht erfüllten. Doch Hanna schien unter „Erfüllung" etwas zu verstehen, das Niemand ihr bisher hatte geben können. Daher wechselte sie ihre Partner mit einer Geschwindigkeit, dass Leonie schon Schwierigkeiten hatte, sich die Namen der Kandidaten zu merken. Vor einigen Jahren hatte Leonie dies alles amüsant gefunden, doch mittlerweile fand sie dieses Verhalten abstoßend und verletzend. Wieder wanderten Leonis Gedanken in die Vergangenheit. Sie sah sich Till gegenüber, der mit seinen Witzen selbst den Hartgesottensten zum Lachen hatte bringen können. Warum dieser sich damals das Leben genommen haben sollte, nachdem er sich von Hanna getrennt hatte, konnte Leonie bis heute nicht begreifen. Doch „Selbstmord" war die offizielle Erklärung, die nach der polizeilichen Ermittlung im Dorf die Runde gemacht hatte.

„Du siehst ich habe Gründe für mein Verhalten", flötete Hanna in diesem Moment und holte Leonie damit in die Gegenwart zurück.

„Wie?"

„Ben ist noch nicht bereit für eine andere Beziehung. Sobald sich eine Änderung ergibt, lasse ich es dich wissen", verkündete Hanna gut gelaunt und reichte Leonie ihre Hand. Mehr aus Reflex ergriff Leonie die ausgestreckte Rechte und erschauderte. So muss es sich anfühlen, wenn man einen Pakt mit dem Teufel eingeht, dachte sie und blickte Hanna an. Diese lächelte, doch ihre blauen Augen blieben kalt und starr.

Samstag   15.00 Uhr

Was ist ein Roman ohne Romanze? Eine Geschichte, die es nicht wert ist gelesen zu werden, zumindest nicht für Gudrun Bärenklein, die jede Herzschmerz-Story, die bisher veröffentlicht worden war, regelrecht verschlang. Seufzend legte sie den dicken Wälzer auf den Couchtisch und schaute nach draußen, während sie sich gleichzeitig einen Schluck aus ihrer Namenskaffeetasse gönnte.

„Was für eine Verschwendung", sagte sie, als sie einen Blick auf ihren Nachbarn erhaschte. Als Florian Richter das Grundstück erworben hatte, war sich Gudrun sicher, dass ihre Einsamkeit bald ein Ende haben würde. Da war er: Ihr Held – der

Mann ihrer Träume. Charmant, wortgewandt, gut aussehend, gebildet und schwul. Es war unschwer zu erkennen, welches Adjektiv nicht in diese Wortfolge passte. Anfangs hatte sie allerdings die Anzeichen, die darauf hindeuteten, dass alles viel zu schön war, um wahr zu sein, bewusst ignoriert. Letztendlich war es Heinz-Otto Schulte-Vliess mit seiner direkten sauerländischen Art, der das Offensichtliche ausgesprochen hatte.

„Wenn der mal nicht vom anderen See ist", hatte er gemurmelt und dabei mit seinem Gehstock dreimal auf den Boden gestampft, wie ein kauziger, alter Zauberer.

„Das heißt Ufer", hatte seine holde Gattin eingeworfen. Doch das hatte Gudrun schon nicht mehr gehört. Von jetzt auf gleich hatte ihr Leben seinen Sinn verloren. Sie hatte ihre Umgebung ausgeblendet und hatte noch nicht einmal bemerkt, als sich das Seniorenpaar von ihr verabschiedete. Die Trübsal war ein morastiger Untergrund, in dem sie zu ertrinken drohte. Kurz bevor sie sich ihrem Schicksal vollkommen hingab, retteten sie die Worte ihrer verstorbenen Mutter, die ihr plötzlich in den Sinn kamen. *„Der Moment, in dem ich dich zum ersten Mal in meinen Armen wiegte, wusste ich, dass dein Name Gudrun sein soll. Der Name stammt aus dem Althochdeutschen und setzt sich aus den Wörtern „Kampf" (gunt) und „Geheimnis" (runa) zusammen. Du wirst immer eine Kämpferin sein. Gebe niemals auf!"* Gudrun wagte nicht zu beurteilen, ob sie geheimnisvoll auf andere Leute wirkte, wohl eher merkwürdig, doch der Teil mit dem Kämpfen hatte sich bewahrheitet. Während ihre beiden Schwestern Katja und Andrea das Glück gepachtet zu haben schienen, hatte sie sich immer behaupten müssen, da sie neben den anderen verblasste, als wäre sie unsichtbar. Während Katja mit Ehemann und Kindern nach Australien ausgewandert war, lebte Andrea mit ihrer Familie in München. Da Gudrun unter Flugangst litt, und ihr allein die Vorstellung, das Sauerland verlassen zu müssen, schlaflose Nächte bereitete, sah sie ihre Schwestern so gut wie nie. Abgesehen von gelegentlichen Telefonaten pflegte sie keinerlei Kontakte. Den Vorschlag ihrer Schwestern sich einen Computer anzuschaffen, damit sie skypen konnten, hatte sie jedes Mal vehement abgeschmettert. Nein, sie hatte keine Lust, dass ihre Schwestern sie sehen konnten, um anschließend über ihr graue-Maus-Image zu lästern. Das hatte sie lange genug ertragen müssen. Sie legte auch keinen Wert mehr auf deren gespielte Anteilnahme. *„Oh, du Arme. Schade, dass du keinen Mann gefunden hast. Blöd auch mit deiner Allergie gegen Tiere mit Fell, sonst könntest du dir zumindest eine Katze oder einen Hund ins Haus holen. Denk daran, wenn du mal reden möchtest, du bist immer herzlich willkommen. Habe ich dir eigentlich schon erzählt ..."* Das ganze endete dann immer mit

Lobeshymnen über die Kinder und das Leben an sich. Vielleicht sollte sie ihre Schwestern beim nächsten Mal auf die Probe stellen und einfach behaupten, sie würde sie besuchen kommen? Doch wahrscheinlich würden sie ihre Lüge sofort bemerken. Außerdem konnte sie ihren Mitbewohner doch nicht allein lassen, der seit einem halben Jahr bei ihr wohnte. Der farbenfrohe Ara namens Walter konnte in seinem ehemaligen Zuhause nicht mehr bleiben, da er eifersüchtig auf den Familienzuwachs reagiert hatte. Gudrun genoss diese neue „Wohngemeinschaft". Das einzige Manko war der recht begrenzte Wortschatz des Papageis, den sie in jeder freien Minute versuchte zu erweitern. Trotz intensiver Trainingseinheiten bisher leider ohne Erfolg. Gedankenverloren starrte sie immer noch aus dem Fenster, obwohl Florian schon längst nicht mehr zu sehen war. Stattdessen geriet jemand anderes in ihr Blickfeld. Dieser Matheo war ihr ein absoluter Dorn im Auge. Warum musste er dort immer auftauchen? „Hm", schnaubte sie wie ein wütender Stier, denn eigentlich kannte sie die Antwort auf ihre Frage. Viel zu oft hatte sie die beiden schon in trauter Zweisamkeit beobachtet. Doch heute war das Treffen der beiden alles andere als harmonisch. Lautes Stimmengewirr, Schluchzen und dann ein Händeschütteln, bevor Matheo das Grundstück verließ. Gudrun strahlte, als würde ihr Traumprinz ihr einen Heiratsantrag machen.

„Florian wird bald erkennen, was das Beste für ihn ist", erklärte sie Walter, der gerade aus einem Nickerchen erwacht war. Dieser schüttelte sein Gefieder, musterte Gudrun als sehe er sie zum ersten Mal und gab dann mit Inbrunst den einzigen Satz zum Besten, den er beherrschte. „Du bist doof!"

Samstag   19.50 Uhr

„Du bist doof! Blöd! Uncool!"
An Double-You prallten die Wörter ab wie ein Gummiball, der vor eine Wand geworfen wird. Er war schon viel zu lange im Polizeidienst tätig, als dass ihn Schimpftiraden beeindrucken konnten. „Mama hätte es mir erlaubt! Außerdem bin ich volljährig! Du hast mir gar nichts mehr zu sagen!"
Die Erwähnung ihrer Mutter und seiner Ehefrau war für ihn stets ein Schlag ins Gesicht. Doch ließ er sich seine Betroffenheit nicht anmerken. Stattdessen musterte er seine Tochter wortlos. Wie doch die Zeit vergangen war. Als seine Frau Emma ihn für immer verlassen hatte, hatte er gedacht, die Welt würde stillstehen. Der Tod kam so unerwartet, dass es ihm die Luft zum Atmen genommen hatte. Er hatte weder weinen noch klagen können. Alles hatte sich unwirklich angefühlt, als sei er nur ein Zuschauer in einer tränenreichen Inszenierung. Immer und immer wieder

hatte sein Verstand ihm zugeraunt: Das kann nicht wahr sein. Das darf nicht wahr sein. Doch da war kein Zurückspulen, kein Anhalteknopf, keine Möglichkeit das Geschehene ungeschehen zu machen. Nur eines hatte ihn damals am Leben gehalten. Seine Tochter Hanna, die sich äußerlich von Tag zu Tag mehr in seine geliebte Emma verwandelte. Da stand sie nun vor ihm, ge-schminkt und mit High Heels, der Rock so kurz, dass er entblößte, was seiner Meinung nach nicht für die Öffentlichkeit bestimmt sein sollte. „So gehst du mir nicht aus dem Haus", erklärte Wolf-ram Wilhelm Berg seiner Tochter und der Tonfall seiner erstaunlich vielen Worte ließen keinen Spielraum offen. Hanna zog einen Schmollmund, stampfte mit den dünnen Absätzen auf, dass er befürchtete der Parkettboden würde Schaden nehmen und rannte dann aus dem Zimmer. Zu diesem filmreifen Abgang gehörte natürlich tradi-tionell auch das Türe knallen, was den mattgetön-ten Glaseinsatz zum Vibrieren brachte. Double-You seufzte und schaute auf die Uhr. Eine halbe Stunde noch, dann wäre es soweit. Früher hatten sie häufig miteinander getrunken und über Gott und die Welt gesprochen. Nach dem Tod seiner Emma war die Freundschaft eingeschlafen wie Dornröschen in ihrem Turm, nachdem sie sich an der Nadel gestochen hatte. Das private Miteinan-der war mehr und mehr in den Hintergrund ge-rückt, abgesehen von einem: „Wir müssten uns mal wieder zusammensetzen. Grüß deine Frau von mir", hatte Wolfram Wilhelm es nicht fertiggebracht, alte Gewohnheiten weiter zu pflegen. Frank und Mechthild Burgwein waren Personen aus der Vergangenheit, mit denen er viele wunderbare Tage verbracht hatte. Nicht dass sie es nicht versucht hatten, den Kontakt mit ihm zu halten und ihm in seiner schwersten Stunde zur Seite zu stehen. Doch immer, wenn sie sich gesehen hatten, kehrte die Erinnerung an bessere Zeiten zurück und mit ihr eine Art von Hass, dass es dem befreundeten Ehepaar Burgwein vergönnt war, einen gemeinsamen Lebensabend miteinander zu verbringen. Als das Schicksal auch Familie Burgwein heimsuchte, als deren einzige Tochter Lina den Freitod wählte, hatte sich jeder in einen Kokon verkrochen. Das berufliche Miteinander war davon allerdings niemals in Mitleidenschaft gezogen worden. Ganz im Gegenteil, er vertraute Frank Burgwein und hatte sich auch nie gescheut, ihn bis zu seiner Pensionierung mit privaten Recherchen zu beauftragen. Doch der Austausch dieser Informationen erfolgte stets formell und sachlich, abgerundet durch ein belangloses Gespräch, das man auch mit einer Zufallsbekanntschaft hätte führen können. Wolfram Wilhelm Berg schaute auf die große Wohnzimmeruhr. Wenige Minuten noch, bis eine entscheidende Änderung in seinem Leben eintreten würde. Er widerstand der Versuchung, diese wie einen Countdown herunterzuzählen.

Samstag 19.50 Uhr

Frank Burgweins Hände zitterten leicht, als er nach seinem Autoschlüssel griff. Er hatte es immer gewusst, dass die Geschichte irgendwann ans Tageslicht kommen würde. Verdammt noch mal! Warum konnten einige Dinge nicht für immer und ewig begraben bleiben? Wem war damit geholfen, wenn man im Vergangenen herumstocherte, um alte Wunden wieder aufzureißen, die ohnehin niemals verheilen würden? Frank Burgwein hatte zwar keine Ahnung, wer es ihm erzählt haben sollte, aber er konnte sich leider auch keinen anderen Grund vorstellen, warum Wolfram Wilhelm Berg nach so vielen Jahren alte Gepflogenheiten wieder aufleben lassen wollte.

„Hallo Frank, wie wäre es mit einem Glas Rotwein? Komm doch heute vorbei. Ich denke, wir haben einiges zu besprechen. Und du weißt ja ich akzeptiere keine Absagen. Also dann bis später. Deine Mechthild wird bestimmt einen Abend mal auf dich verzichten können."

Er war so überrumpelt von dieser Einladung gewesen, dass seine Antwort mehr ein Gestammel als ein vollständiger Satz gewesen war. Allerdings verriet ihm dieses Gespräch, dass Wolfram nicht über alle Informationen verfügte, da er ansonsten Mechtild nicht erwähnt hätte.

„Nein, die wird mich nicht vermissen", plapperte er vor sich hin und betrachtete dabei das Foto eines jungen Mannes, welches er auf den Küchentisch platziert hatte. Er hatte aus einiger Entfernung beobachtet wie Max Knapp vor seiner Haustür gestanden hatte und plötzlich einen kleinen Ausflug in den Garten unternommen hatte. Bei dieser Aktion war ihm bestimmt das Foto aus der Dokumentenmappe gefallen. Frank war sich vollkommen sicher, dass er eine dieser roten Mappen in der Hand gehalten hatte. Eine von der Sorte, die Double-You ihm während seiner Dienstzeit anvertraut hatte, um Nachforschungen bezüglich der ernsteren Liebschaften seiner Tochter Hanna einzuholen. Moment mal! Vielleicht war das auch der Grund, dass sich sein alter Boss und Weggefährte mit ihm treffen wollte. Eventuell war er mit der Arbeit von Max Knapp, was die Belange seiner Tochter anbelangte, nicht zufrieden. „Hm", murmelte er und studierte die Fotografie eingehend. „Ich habe dich schon einmal gesehen. Bist du nicht dieser Matheo? Eigenartig, mir ist zu Ohren gekommen, das du …. Na ja, wie dem auch sei. Es wird mal wieder Zeit, dass ich die Angelegenheit persönlich in die Hand nehme."

Frank Burgwein straffte seinen Körper, wie ein Aufziehmännchen, das durch das Drehen des Schlüssels zum Leben erweckt wurde. Er atmete hörbar ein und aus. Die Aussicht, dass sein alter Kumpel ihn um einen Gefallen bitten wollte, anstatt alte Geschichten aufzutischen, stimmte ihn fröhlich.

„Du hast bestimmt nichts dagegen, wenn ich mal kurz weg bin, Mechthild?", rief er, ohne eine Antwort abzuwarten, denn er wusste schließlich, wo seine holde Gattin sich befand, im Gegensatz zu Double-You.

Samstag   20.00 Uhr

„*Nun haben wir aber genug Verdächtige. Wie lautet dein Tipp?*"

„*Hm*", *erwiderte Max*, „*schwer zu sagen.*"

„*Sie enttäuschen mich, Mr. Max Holmes.*"

„*Nun, bisher ist noch nichts passiert.*"

„*Nichts passiert! Und was ist mit der Frau, Mr. Holmes?*", *fragte Marie mit einem gekünstelten, britischen Akzent. Max lachte und bewarf Marie mit einem Kissen, die diese Attacke ohne Probleme abwehrte. Ihre englischen Krimiabende waren ihre gemeinsame Oase. Gemütlich auf dem Sofa liegend, mit einer Tasse Tee oder einem Glas Wein und dabei zu versuchen, die skurrilen Gestalten zu durchschauen, um den Mörder zu entlarven war eine ihrer Lieblingsbeschäftigungen nach einem stressigen Tag. Trotz Max Spürnase war ihr Wettstreit recht ausgeglichen, denn Marie besaß eine sehr gute Menschenkenntnis.*

„Ihr Anschlag ist fehlgeschlagen", bemerkte Marie und täuschte einen Wurf Richtung Max an. Die beiden Stubentiger beobachteten das Geschehen gebannt. Ihre Pupillen schwarz, die Ohren gespitzt warteten sie nur darauf, mitmischen zu können.

„Du kannst nicht gewinnen", verkündete Max und zuckte plötzlich zusammen, als ein tiefes Grollen ertönte. Er zitterte, als stände er einem gigantischen, brüllenden Monster gegenüber. *„Nein! Nein!"*, rief er, bis ihn plötzlich etwas sanft im Gesicht berührte und ihn damit in die Wirklichkeit zurückkehren ließ. Als er die Augen aufschlug erblickte er Merlin und Fee, die sofort zu schnurren anfingen.

„Oh, ihr beiden. Ich muss kurz eingenickt sein." Noch leicht benommen, setzte er sich auf und streichelte den beiden Katzen durch das samtweiche Fell. Regentropfen hämmerten an die Scheibe und noch immer vernahm er Gewittergeräusche, die sich allerdings zu entfernen schienen. Schlagartig wurde ihm auf einmal bewusst, dass Jule und Elias noch nicht nach Hause gekommen waren. Er blickte auf die Uhr und stellte zu seinem Erstaunen fest, dass er mehrere Stunden geschlafen hatte. Eigenartig, dass die beiden immer noch unterwegs waren. Wollten sie um die Uhrzeit nicht schon längst wieder zurück sein? Eine plötzlich aufkommende Angst ließ seinen Puls in die Höhe schnellen. Das Herz raste, während

Hitzewellen seinen Körper überfluteten.

„Es wird ihnen doch nichts zugestoßen sein?",
murmelte er. In diesem Augenblick klingelte sein
Mobiltelefon.

Samstag 21.00 Uhr

„Keine Ahnung warum du laufen wolltest?
Nur gut, dass es aufgehört hat zu regnen. Hoffent-
lich gibt es nicht noch einmal einen Gewitterschauer. Abgekühlt hat es sich allerdings nicht",
sagte Ben, während sie gemeinsam die Straße
entlang schlenderten.

„Ich habe Schluss gemacht", warf Matheo ein,
ohne auf das Thema Wetter überhaupt einzugehen.

„Wow, das erklärt einiges", antwortete Ben und
musterte Matheo, als habe dieser gerade eine
bahnbrechende Entdeckung verkündet. Für einen
kurzen Moment setzten sie ihren Weg schweigend fort, bis Ben die Stille unterbrach.

„Hast du dir das gut überlegt?"

„Jau", antwortete Matheo und stierte auf den As-
phalt, als wollte er jeglichen Augenkontakt ver-
meiden.

„Geht es dir gut?", hakte Ben nach.

„Was glaubst du denn? Besser kann es doch nicht
laufen. Wir sind auf den Weg zu einer Party und
ich bin ungebunden. Bin also für alles offen."

„Na dann", warf Ben ein und konzentrierte sich

ebenfalls auf den Bodenbelag der Straße. Er hatte keine Ahnung, was er noch zu diesem Thema sagen sollte. Abgesehen davon hatte er auch keine Lust, die Trennung zu kommentieren. Schließlich war es nicht das erste Mal, dass sein Kumpel Matheo eine Beziehung beendet hatte. Da Matheo dazu neigte, aus jeder noch so kleinen Schwärmerei ein großes Drama zu inszenieren, war es sowieso besser nicht zu viele Worte über das Geschehen zu verlieren.

Sie waren nun schon seit vielen Jahren befreundet, was immer mal wieder für Getuschel gesorgt hatte. „Lasst euch gesagt sein, die beiden sind ein Paar", waren noch die nettesten Sätze, die Ben über sich hatte ergehen lassen müssen. Doch ihm war es vollkommen egal, was andere an Gerüchten verbreiteten. Fakt war: Er bevorzugte ausschließlich Mädchen und Matheo war ein absoluter Fachmann was die weibliche Logik anbelangte. Ein Vorteil, wenn man als Single auf der Suche nach dem passenden weiblichen Gegenstück ist. Doch zurzeit hatte er keinen Bedarf an Matheos Fähigkeiten, da er sich schließlich in einer Beziehung befand. Obwohl? War es nicht an der Zeit diese Farce zu beenden? Zugegeben Hanna war optisch eine Granate, allerdings erreichte ihr Verhalten anderen gegenüber und ihr Intellekt eher Durchschnittswerte und das war noch nett ausgedrückt. Er war sich unsicher, ob er dieses „Gesamtpaket" langfristig lieben und schätzen konnte. Doch jedes Mal, wenn er sich vorgenommen hatte, einen Schlussstrich zu ziehen, zog sie ihn wieder in ihren Bann. Hanna war eine gefährliche Droge mit einem enormen Suchtpotential. Außerdem war sie wandelfähig wie ein Chamäleon. Einmal wirkte sie unerschütterlich, um nur wenig später zu einem hilfsbedürftigen Nervenbündel zu mutieren. Nein, heute wäre der falsche Moment, Hanna den Laufpass zu geben. Wenngleich er sicherlich auf Leonie treffen würde. Das Verlangen sie näher kennenzulernen war mittlerweile schwer zu bändigen. Aber wäre es ratsam, sich nach dem Ende einer Freundschaft gleich ins nächste Abenteuer zu stürzen? Nein, sicherlich nicht. Außerdem war heute Matheos Tag, der nach seiner gescheiterten Liebesromanze dem Markt wieder zur Verfügung stand. Er wollte ihm auf keinen Fall die Schau stehlen. Wer weiß, was noch passieren würde.

Samstag   21.30 Uhr

„Es war klar, dass das passieren würde", sagte er laut und seufzte: „Typisch Frauen." Seit Jule ihn telefonisch darüber informiert hatte, dass sie sich verspäten würden, da sie schlicht und ergreifend die Zeit verquatscht hatten, hatte eine Woge der Erleichterung seine Panikattacke weggespült. Die Angst ein weiteres Mal einen unerträglichen Verlust erleiden zu müssen, war allgegenwärtig.

Die Zeit heilt alle Wunden und lässt dich vergessen, was einst geschehen ist, war ein beliebter Spruch, wenn jemandem etwas Furchtbares widerfahren ist. Aus eigener Erfahrung wusste er jedoch, dass diese Weisheit nur bedingt der Wahrheit entsprach. Alle tragischen Ereignisse hinterlassen Narben, die einen das ganze Leben lang begleiten. Traurige Erlebnisse ziehen einen mit sich wie eine Lawine, die sich unaufhaltsam ihren Weg ins Tal bahnt. Schon bald hast du keinen Lebenswillen mehr und du lässt dich in diesem Sog mitreißen, aus dem es kein Entrinnen zu geben scheint.

Als Marie von ihm gegangen war, sehnte er sich danach, ihr schnellstmöglich zu folgen. Er konnte unmöglich weiterleben. Doch je mehr er sich seinem Selbstmitleid hingegeben hatte, desto intensiver bemühten sich seine Familie und Freunde um ihn. Allen voran Stubentiger Merlin, der sein komplettes kätzisches Repertoire abspielte, um ihn aufzuheitern und ihn dabei mit diesen blauen Augen fixierte, die ihn an Maries Worte erinnerten: *„Versprich mir, Max, dass du nie die Freude am Leben verlierst."* Dank der Unterstützung hatte er sich zurück in die Gegenwart gekämpft, doch noch heute wurden die Geister der Vergangenheit lebendig, wenn er das Grollen eines Gewitters vernahm. Gedankenverloren blickte er aus dem Fenster. Das Unwetter hatte sich bereits verzogen und nur ein paar Pfützen auf den Wegen verrieten, dass es überhaupt existiert hatte. Doch irgendwie glaubte er immer noch, das Donnern zu hören, das ihn an das wütende Brüllen eines Raubtieres erinnerte. Ein Monster auf Beutezug, das hungrig umherstreifte. Ihn schauderte.

„Wir müssen uns irgendwo unterstellen, Marie! Alles andere macht keinen Sinn!", brüllte Max und drückte sich schützend an die Felswand. Dicke Regentropfen prasselten auf sie herab und erschwerten die Sicht wie ein dichter Vorhang, der das Geschehen während einer Theateraufführung auf der Bühne vor den Augen der neugierigen Zuschauer abschirmt. Immer wieder lösten sich kleinere Geröllstücke und donnerten auf die vom Starkregen aufgeweichten Bergpfade. Der Wind zerrte und riss an ihrer Kleidung, während unheilvolles Donnergrollen als Musikuntermalung erklang.
„Marie! Komm hierher! Es ist zu gefährlich weiter zu gehen!"
„WAS!"
„DU SOLLST ZU MIR KOMMEN!"
Es grenzte an Irrsinn, dass sie sich bei diesem unbeständigen Wetter überhaupt auf den Weg gemacht hatten. Doch wie viele Gegenargumente er auch aufgeführt hatte, seine Marie hatte sie alle zerschmettert: „Quatsch", hatte sie gekontert, „du willst mich nur in Watte packen. Ich bin nicht krank, sondern schwanger." „Aber …",

hatte er eingeworfen, ohne zu wissen, was er noch sagen sollte. Wenn Marie sich etwas in ihren hübschen Kopf gesetzt hatte, war es unmöglich sie umzustimmen. Ihre Sturheit war Teil ihres Charakters, eine dieser Eigenschaften, die ihn schon oft zur Verzweiflung getrieben hatten. Dafür wurde er allerdings oft von ihrer Unbekümmertheit und ihrem liebenswerten, chaotischen Wesen entschädigt. Kurzum niemand konnte ihr lange böse sein.

„MIR WÄRE ES LIEBER, WENN DU ZUR FELS WAND KOMMEN WÜRDEST!", brüllte Max. „NA GUT, DU SPIELVERDERBER!", schrie sie zurück und breitete ihre Arme aus, als wollte sie bei diesem Orkan zu ihm hinfliegen. „SCHAU MAL!"; brüllte sie lachend und drehte sich auf dem schmalen Steig wie ein Kreisel.

„MARIE!!!"

Samstag   23.45 Uhr

„Du bist doof", krächzte er und schüttelte sein buntes Gefieder.

„Nein, bin ich nicht", antwortete Gudrun und schaute den Papagei böse an. Abrupt stellte dieser sein Geplapper ein, legte sein Köpfchen schief, als müsse er erst überlegen, wie er ihre Äußerung bewerten sollte. Sein Abwägen dauerte nicht lange. Schon hallte ein fröhliches: „Du bist doof", durch das Wohnzimmer. „Du bist doof", schmetterte er erneut, als wollte er sicher gehen, dass sie dieses Mal die Botschaft auch richtig verstanden hatte.

„Hm", grummelte Gudrun. Sie konnte sich des Eindrucks nicht erwehren, dass dieses Federvieh Freude daran empfand, sie zu piesacken. Seine kleinen Knopfaugen schienen listig zu funkeln und aus unerklärlichen Gründen glaubte sie, das nicht gesagte Wort *doch* in seinem Satz deutlich zu hören. Du bist doch doof. Nein, sie machte sich lächerlich. Das waren Hirngespinste. Der Vogel kannte nur das Vokabular, welches er von seinem Vorbesitzer gelernt hatte. Das Tier war überhaupt nicht in der Lage sie bewusst zu terrorisieren, oder? Wie auch immer, dieses ständige: „Du bist doof", trug nicht gerade zum Aufbau ihres Selbstbewusstsein bei. Daher versuchte Gudrun den Wortschatz des gefiederten Mitbewohners zu erweitern, indem sie mehrmals: „Du bist lieb", säuselte. Dieses Sprechtraining wiederholte sie mehrmals am Tag, seit sie Walter zu sich genommen hatte. „Du bist lieb", sagte sie ein weiteres Mal und reichte dem Ara ein Stück Apfel. Der Papagei schien aufmerksam zu lauschen, während er behutsam das ihm gereichte Obst entgegennahm. „Siehst du", erklärte Gudrun, „jetzt musst du sagen: Du bist lieb." Plötzlich hielt sie inne, da Geräusche von draußen, die durch das gekippte Fenster gut zu hören waren, sie in ihrem Bann zogen.

„Was ist denn da los?" Sofort eilte sie zum Fenster und starrte hinaus. Diese schemenhafte Gestalt konnte doch nur ihr Florian sein. „Wo willst du denn um diese Uhrzeit noch hin?", murmelte Gudrun. Sie zögerte nur den Bruchteil einer Sekunde, bevor sie sich entschloss ihm zu folgen. Es konnte auf keinen Fall schaden. Abgesehen davon hatte sie ohnehin nichts anderes vor. In Windeseile schlüpfte sie in ihre Schuhe, schnappte sich eine dünne Jacke und griff nach dem Autoschlüssel.

„Ich bin kurz mal weg!", rief sie, um Walter zu informieren. Noch bevor dieser die Chance hatte, einen Kommentar abzugeben, schloss sie die Haustür hinter sich. Sie konnte sich ohnehin denken, was der Krummschnabel vor sich hinplappern würde.

Mitternacht

„Leonie? Du sprichst doch nicht von *der* Leonie?"

„Klar, die beste Freundin von deiner Hanna. Wäre doch cool, oder? Dann könnten wir zu viert etwas unternehmen."

„Aber …, ausgerechnet Leonie. Ich meine natürlich toll, aber Leonie ist ein Mädchen und ich dachte …"

„Tja, ich kann dir auch nicht sagen, wie es passiert ist. Deine Weissagung, dass ich mich doch mal in das weibliche Geschlecht verlieben würde hat sich erfüllt. Lass uns noch einen trinken." Wie immer schien er unsichtbar, doch dies war ein Zustand, an den er sich bereits gewöhnt hatte. Natürlich war es auch für seinen Beruf ein großer Vorteil, dass er in den Massen untertauchen konnte. Allerdings hatte ihm diese Eigenschaft bisher noch nicht den großen Durchbruch beschert. Doch bald würde seine Zeit kommen, da war er sich vollkommen sicher. Die Zimmerecke bot einen idealen Ausgangspunkt, um das Geschehen um ihn herum zu beobachten und das Gefühlschaos, welches in ihm tobte, unter Kontrolle zu bringen. Sie hatte ihn angelächelt, wenn auch nur für einen Augenblick. Immer noch beseelt von diesem magischen Moment stand er einfach nur da, als gehörte er zum Mobiliar des Hauses, dabei genehmigte er sich einen Schluck Bier aus der Flasche, die er mit seinen Händen umklammerte.

„Ach Hallo, auch hier?"

Er nickte erschrocken, ohne ein Wort zu sagen. Doch der Gesprächspartner schien auch nicht an einer weiteren Konversation interessiert, denn bevor er überhaupt registriert hatte, dass ihn jemand erkannt hatte, war dieser auch bereits wieder in der Menge verschwunden.

„Ja, ich bin auch hier", murmelte er und genehmigte sich einen weiteren Schluck, während seine Gedanken sich immer noch mit dem Dialog beschäftigten, den er unfreiwillig mit angehört hatte. Dieser Ben Förster und dessen Kumpel Matheo waren ihm natürlich bestens bekannt. Noch vor kurzem hatte er ein Foto von diesem Schönling machen müssen. Er hasste diesen Typen, für sein Aussehen, seine überdurchschnittlichen Schulleistungen und die Tatsache, dass jeder mit ihm zusammen sein wollte. Auch seine Hanna. Warum war das Leben so ungerecht? Doch irgendetwas sagte ihm, dass sich der Beziehungsstatus seiner Schützenkönigin bald ändern würde. Er war bestimmt kein Experte auf dem Gebiet, doch war es ihm trotz seines Alkoholkonsums nicht entgangen, dass dieser Ben Interesse an Leonie hegte. Eine überaus tolle Entwicklung, die es zu fördern galt. Da gab es nur einen Störfaktor, diesen Matheo, der sich anscheinend auch in dieses Mädchen verliebt hatte. Mist, das komplizierte das Ganze und würde bedeuten, dass er sich noch länger gedulden müsste, was Hanna anging. Das durfte nicht passieren! Schließlich hatte er schon viel zu lange gewartet. Reporter Jonas Blitzke stutzte, als er aus den Augenwinkeln bemerkte, dass Ben Förster und dieser Plagegeist Matheo die Party bereits verlassen wollten. Das wäre doch die Möglichkeit, die Angelegenheit zu regeln. Er leerte die Flasche Bier in einem Zug. Der Zaubertrank wirkte – er war bereit.

Sonntag   00.45 Uhr

Er streifte scheinbar ziellos durch die Gegend. Die Abendzeit war perfekt, um unerkannt durch die Gärten zu wandern. Ihm war durchaus bewusst, dass sich nicht jeder über seinen Anblick freute. Obwohl es dafür, seiner Ansicht nach, keine vernünftige Erklärung gab. Immerhin erledigte er seine Arbeiten stets gewissenhaft. Mit einer Präzision und Geschicklichkeit und einer daraus resultierenden beachtlichen Erfolgsquote, auf die man durchaus stolz sein konnte. Abgesehen davon, beseitigte er alle Spuren. Unverständlich, dass seine Arbeit nicht überall geschätzt wurde, was ihn aber keinesfalls davon abhielt, weiter seinen Aufgaben nachzugehen. Letztendlich blieb ihm auch keine andere Wahl, da oftmals die Bezahlung ausblieb. Wie jeden Abend absolvierte er eine Runde, die für einen Außenstehenden eventuell planlos wirkte, aber durchaus einem System folgte. Doch heute wurde seine alltägliche Routine durch Passanten gestört, die sonst nie um diese Zeit seine Wege kreuzten. Glücklicherweise schaffte er es jedes Mal, sich rechtzeitig ein Versteck zu suchen, um unerkannt zu bleiben. Was ihn sehr erstaunte, war die Tatsache, dass sie alle dasselbe Ziel zu haben schienen: Genau den Ort, wo er hinwollte, um seine Arbeit zu verrichten. Er würde mit besonderer Vorsicht vorgehen müssen.

Sonntag   0.50 Uhr

„Oh, wie wundertoll …, oh, wie mega-
krass!", lallte Matheo und ließ sich auf die grün-
lackierte Bank fallen, auf die Ben ihn mühevoll
bugsiert hatte. Unter der majestätischen Eiche
hatten sie schon oft den Abend oder Morgen bei
einigen Bieren oder anderen Getränken ausklin-
gen lassen.

„Oh, wie nice", trällerte Matheo, so dass Ben ta-
delnd zischte: „Nicht so laut. Du weckst doch alle
auf." So sehr er sich auch bemühte, er konnte die
euphorische Stimmung von Matheo nicht teilen.
Eigentlich hätte er sich für ihn freuen müssen,
aber da war etwas Unerklärliches, das ihn daran
hinderte. Irgendwie fühlte er sich wie ausgeraubt,
ohne zu wissen, was ihm entwendet worden war.
*„Du bist eifersüchtig", höhnte eine Stimme in
seinem Schädel, „e i f e r s ü c h t i g."* Das war
natürlich vollkommener Schwachsinn, oder? Ben
starrte in die Dunkelheit. „Wenn sie mich nicht
will, dann bringe ich mich um", verkündete Matheo und riss Ben unsanft aus seinen Träumen.
„Quatsch, was faselst du denn da für einen
Schwachsinn?", sagte Ben, *während diese blöde
Stimme in seinem Kopf säuselte: „Toll, das wäre
die beste Lösung."*
„Aber meinst du, dass sie mich mag?", jammerte
Matheo.
Ben seufzte und betrachtete seinen Kumpel, der

63

zusammengesunken auf der Holzbank kauerte, als befänden sich keine Knochen in seinem Körper. In der langen Zeit ihrer Freundschaft war es nichts Neues, dass Matheo sich derart in eine Liebesschwärmerei stürzte. Doch eines war dieses Mal anders. Bisher hatte jeder sein eigenes „Jagdrevier" betreut. Niemals waren sie sich in die Quere gekommen. Bis auf heute Abend.

„Und mag sie mich?", verlangte Matheo erneut zu wissen. Ben konnte nichts sagen, seine Kehle schien trotz eines erhöhten Alkoholkonsums viel zu trocken, um eine Antwort zu formulieren. Vielleicht war es aber auch ein Schutzreflex, um nichts Unüberlegtes von sich zu geben? Als Matheo ihm einst gebeichtet hatte, dass er sich mehr zu dem männlichen Geschlecht hingezogen fühlte, hatte Ben einen Moment gebracht, um dieses Geständnis zu verdauen. Alle Klischees wurden vor seinem geistigen Auge lebendig und der Drang, die Freundschaft zu beenden, um Gerüchten aus dem Weg zu gehen, war übermächtig. Doch nachdem der erste Schreck überwunden war, hatte er mit dem Satz: „Cool, dann können wir uns wenigstens nicht über Mädchen streiten", gekontert. „Und wer weiß, irgendwann wirst du bestimmt auch die Richtige finden", hörte er sich noch weissagen, als sei es erst gestern gewesen. Nun hatte sich seine Prophezeiung anscheinend erfüllt, wie Matheo bereits festgestellt hatte. Nur blöd, dass es bei den Milliarden von Menschen

auf der Erde ausgerechnet Leonie sein musste.
„Willst du auch einen Schluck Liebeskummer-
WECH?"

„Einen was?"

„Liebeskummer-WECH", wiederholte Matheo
und fingerte in seiner Hosentasche herum. Etwas
unbeholfen überreichte er Ben eine von den zwei
kleinen Fläschchen.

„Wo hast du die denn her?", fragte Ben und musterte den Aufdruck. Ein feuerrotes Herz zierte das
Glasfläschchen, in dem mit Schreibschrift der
Name des Produktes zu lesen war. Das Etikett
gab außer dem Namen der Flüssigkeit nicht viele
Informationen preis. Vielleicht lag es aber auch
an diesem schummrigen Licht, oder der Tatsache,
dass keiner von ihnen mehr nüchtern war, was
das Entziffern des Labels in jeder Hinsicht er-
schwerte.

„Warst du bei einer Kräuterhexe?"

„Kann mich nicht erinnern. Ist aber auch egal.
Hauptsache, das Gesöff wirkt", stammelte Matheo. Obwohl die Antwort nicht amüsant war,
brachen die beiden in schallendes Gelächter aus.
Als nach einiger Zeit ihr Lachen verebbte, über-
nahm Mutter Natur die Musikuntermalung. Gril-
len zirpten, ein Käuzchen rief, während ein war-
mer Wind durch das Gras strich und dieses leicht
hin- und herschwingen ließ. Matheos Elternhaus
lag idyllisch inmitten von Wiesen und Feldern.
Etliche Meter entfernt, konnte man Hecken und

Büsche erkennen, hinter denen sich ihr einziger Nachbar verschanzte. Ein komischer Kauz, dem man im Ort unter den Namen Gacka-Paul kannte, da er lieber die Zeit mit seinen Hühnern verbrachte, als Kontakt zur Außenwelt zu pflegen. Es wurde allerdings gemunkelt, dass dies nicht immer so gewesen sei. Angeblich hatte dieser Sonderling mal eine Affäre mit Matheos Oma gehabt. Doch das konnte nur ein Hirngespinst sein. Was aber jeder glaubte oder selbst erlebt hatte, war die Tatsache, dass Matheos Zuhause ein idealer Ort war, um ungestört Partys zu veranstalten.

„Lass uns endlich anstoßen!", rief in diesem Moment Matheo, der nach einigen vergeblichen Versuchen endlich den Drehverschluss geöffnet hatte.

„Gute Idee", antwortete Ben. Doch bevor er sein Getränk öffnen konnte, erklang ein schauriges Geheule.

„Was ist das?", fragte Ben und zuckte zusammen, während die Klagelaute sich unaufhaltsam näherten.

„Ach, nur Odys, Odyss, Odysseus", warf Matheo ein, „ein verflixt schwieriges Wort."

„Kaum zu glauben, dass so ein Winzling derartig gruselige Laute ausstoßen kann."

„Hattest wohl Schiss."

„Nein, nein!", versicherte Ben etwas zu hastig. Allerdings schien Matheo überhaupt kein Interesse daran zu haben, über seine Reaktion zu sticheln. Wahrscheinlich war im siebten Himmel, in dem er sich offensichtlich noch immer befand, kein Platz für negative Schwingungen. Zwar hatte er das Reden über die Liebe seines Lebens mittlerweile eingestellt, doch ein Blick in dessen strahlende Augen verriet Matheos Gemütszustand. Derweil hatte die hagere Gestalt das Mauzen eingestellt und schmiegte den sehnigen Körper kurz an Bens Beine, bevor sie sich in unmittelbarer Nähe positionierte und beide durchdringend anstarrte.

„Hallo Odysseus, alles klar bei dir?"

Der grau-gestromte Kater lebte bereits seit einiger Zeit in den Wäldern des Sauerlandes. Keiner wusste, woher er kam und ob er irgendwo ein Zuhause hatte. Gutgemeinte Fangversuche waren bisher immer gescheitert. Wie jeden Abend machte der Tigerkater seinen Kontrollgang durch das Revier, mit Vorliebe zu den Plätzen, wo ihn von Zeit zu Zeit ein gefüllter Fressnapf erwartete.

„Ich weiß, was du willst. Aber erst vernichten mein Kumpel und ich den Liebestrank", lallte Matheo theatralisch.

„Na dann", sagte Ben, „auf die Liebe." Nachdem Ben den Inhalt des Fläschchens in einem Zug geleert hatte, bemerkte er sofort dieses leichte Kribbeln an Mund und Zunge. Haselnüsse. Ach, du meine Güte, in diesem Gesöff waren Nüsse! Innerhalb von Sekunden schwollen seine Schleimhäute an, das Atmen fiel ihm schwer.

„Mein Spray. Ich brauche mein Spray", hauchte er und kramte voller Panik in seinen Hosentaschen herum. Seine Bewegungen wurden unkontrolliert. Er fühlte sich wie in einem Karussell, das sich immer schneller drehte.

„Matheo", wimmerte er, „hilf mir." Der Schwindel wurde stärker und stärker, eine bleierne Müdigkeit drohte ihn in die unheimliche Tiefe der Nacht mitzuziehen, wie ein Wasserstrudel aus dem es kein Entrinnen gab.

„Matheo, bitte." Seine Sinne begannen zu schwinden, im Delirium glaubte er eine menschliche Silhouette zu erkennen, die plötzlich wie eine Spukgestalt aus dem Nichts aufzutauchen schien.

„Hilfe", jammerte er und klammerte sich an seinen Kumpel, „Hilfe." Das letzte was Ben spürte, war, dass sein Freund Matheo wortlos neben ihm zusammensackte, bevor auch er endgültig das Bewusstsein verlor.

Sonntag   1.00 Uhr

Nein, nein! So durfte es nicht enden! Schließlich hatte er seine Arbeit doch gewissenhaft erledigt. Na ja, zugegeben, die Verrichtung seiner Tätigkeiten war nicht ganz uneigennützig. Allerdings wie man es auch drehte und wendete, es ging schlichtweg ums Überleben. Denn da die Erfolgsquote bei seinem Job sehr stark variierte, war eine Entlohnung für seine Dienste ein, wenn nicht sogar der wichtigste Bestandteil, um weiterhin die Aufgaben mit Geschick und Präzision meistern zu können. Schließlich hatte er heute ohnehin im Vorfeld bereits sehr viel Zeit vertrödelt, um den Menschen aus dem Weg zu gehen, die um diese Tageszeit sonst nie seiner Arbeit im Weg standen. Sein Instinkt suggerierte dem Tigerkater, dass ein sofortiges Eingreifen seinerseits unumgänglich war. Ohne eine weitere Sekunde zu verschwenden, verfiel er erneut in das schaurige Geheul, in einer Lautstärke, als wären alle Spukgestalten gemeinsam auf einem nächtlichen Ausflug unterwegs.

Sonntag   1.02 Uhr

„Leb wohl, mein Freund", sagte Gacka-Paul und prostete dem verwaisten Hundekorb zu. Geisterhafte, klagende Töne veranlassten ihn, kurz zur monströsen Standuhr zu blicken, die sich schon seit Generationen in Familienbesitz befand, um die Uhrzeit zu überprüfen.

„Mitternacht ist doch vorbei", stellte er sachlich fest, bevor er sich wieder dem Inhalt der Bierflasche widmete. Ohne abzusetzen, leerte er das Hefegetränk in einem Zug und rülpste danach wie ein Säugling nach einem üppigen Mahl.

„Fertig", verkündete er und stellte die Flasche zu den anderen, die nun bereits die Hälfte des

Küchentisches einnahmen.

„Warst ein guter Kamerad", murmelte er und stierte in die Ecke, in der Bruno zu Lebzeiten geruht hatte, als erwarte er von dort eine Antwort. Doch abgesehen von diesem schaurigen Getöse, das an Intensität zugenommen zu haben schien, herrschte Stille. Menschliche Schreie voller Verzweiflung und Hilflosigkeit katapultierten Gacka-Paul schlagartig zurück ins Hier und Jetzt. Was war dort draußen los? Sollte er an diesem Abend, an dem er sich für einen klitzekleinen Moment der Trauer hingegeben hatte, irgendetwas Schreckliches verpasst haben? Wie bereits erwähnt, bewachte er die Menschen im Nachbarhaus. Er betrachtete dies als Liebesbeweis für seine Elsbeth, die er nie hatte vergessen können. Abrupt erhob er sich von seinem Platz. Die Schwere des Alkohols, der seinen Geist eingelullt hatte, war schlagartig verschwunden, wie Nebelschwaden, die von einem plötzlich aufkommenden Sturm auseinandergerissen wurden. Schnurstracks machte er sich auf den Weg zu seinem Beobachtungsposten. Die gespenstischen Klagelaute waren verstummt, abgelöst von einem lauten Stimmengemurmel. Der Gewitterschauer am frühen Abend hatte nur für eine temporäre Abkühlung gesorgt. Mittlerweile waren die Temperaturen selbst zu dieser frühen Morgenstunde wieder im zweistelligen Bereich angelangt. Ein sicheres Zeichen, dass ein weiterer heißer Junitag folgen würde. Doch all dies war sekundär für Paul-Hubert Beule, auch bekannt als Gacka-Paul, der nach einem Blick durch das Nachtsichtgerät fast das Atmen vergaß.

„Oh, nein! Oh, nein!", jammerte er.

In diesem Augenblick näherte sich ein ohrenbetäubendes Geräusch. Gacka-Paul zuckte zusammen. „Der Notarzt", stellte er mit einer Mischung aus Erleichterung und Unzufriedenheit fest.

„Bruno wir haben versagt."

Bereits beim Aussprechen des Namens kehrte die Melancholie mit einer Wucht zurück, als habe er einen Faustschlag ins Gesicht erhalten. Bruno war nicht mehr an seiner Seite. Er lebte nur noch in den Erinnerungen. Genau wie die schöne Zeit mit Elsbeth. Wahrscheinlich war es besser, dass sie seine Liebe nicht erwidert hatte. Er war doch nur ein Loser, ein Versager, der noch nicht einmal in der Lage gewesen war, diese eine Aufgabe ordnungsgemäß zu erfüllen. Plötzlich stutzte er und schaute erneut durch sein Fernglas.

„Das Böse ist zurück", murmelte er und starrte in das blinkende Licht des Krankenwagens, ohne überhaupt etwas von dem dortigen Geschehen wahrzunehmen.

Sonntag 4.00 Uhr

Max schreckte auf und stierte orientierungslos im Zimmer herum. Sein Herzschlag war beschleunigt und seine Haut klatschnass. Er benötigte einen geraumen Augenblick, um die flatternden Nerven zu beruhigen. Tief ein- und ausatmen, befahl er sich, bis sich der Pulsschlag wieder normalisierte. Zum Glück litt er recht selten an diesen Anfällen. Doch jedes Mal, wenn ihn die Vergangenheit in seinen Träumen heimsuchte und er wieder mit der damaligen Hilflosigkeit konfrontiert wurde, malträtierte eine Woge der Angst seinen Körper. Er war wieder zurück in den Bergen, wo er sich schreiend dem Abgrund näherte.

„Marie! Marie! Bist du ok?"
„MARIE!"
Als er ihre verdrehten Gliedmaßen sah und die rote Lache, die sich unter ihrem Schädel ausbreitete, kannte er die Antwort auf seine Frage bereits. Ohne auch nur einen Gedanken an die Gefahren zu verschwenden, kletterte er den Abhang hinunter. Der Regen nahm ihm fast die Sicht und hämmerte mit solcher Wucht auf ihn ein, dass es eher an Einschläge erinnerte. Immer wieder musste er nachfassen, um überhaupt einen Halt in den glatten, nassen Felsen zu finden. Nach einer gefühlten Ewigkeit erreichte er verschrammt und triefend nass den Boden.

„Marie!", brüllte er erneut, als er sie endlich erreicht hatte. Sofort kniete er sich neben sie. „Marie", wimmerte er. Sie lag zwischen dem Geröll wie eine weggeworfene Puppe. Ihr Puls war kaum spürbar, unaufhaltsam strömte der rote Lebenssaft aus der klaffenden Wunde am Hinterkopf, mit dem sie ungebremst auf dem Felsboden aufgeschlagen war.

„Marie, Marie. Halte durch! Verlass mich nicht! Alles wird wieder gut!", jammerte er. „Marie ...", schluchzte er und presste sein Ohr an ihre Lippen, als er bemerkte, dass sie etwas sagen wollte.

„Versprich mir, Max, dass du nie die Lust am Leben verlierst. Ich liebe d...", hauchte sie, bevor ihr Körper erschlaffte. Noch im Tod schienen ihre Augen zu strahlen.

„Miau!" Dieser Laut katapultierte ihn vollends in die Wirklichkeit zurück. Der stattliche Kater thronte auf dem Couchtisch und musterte ihn mit leuchtenden, blauen Augen.

„Ja, ja, ich habe schon verstanden. Kümmere dich um die Gegenwart. Das ist die Weisheit, die Marie dir eingetrichtert hat. Du bist schon ein wenig unheimlich, Merlin."

Dieser schüttelte nur sein Haupt, als wollte er die Feststellung verneinen. Dann streckte er seinen Körper, bevor er mit einem eleganten Sprung auf dem Sofa neben Max landete. Dort schmiegte er sich sofort an ihn und begann zu schnurren, als

Max ihm durch das seidige Fell strich.

„Wieviel Uhr ist es eigentlich?", fragte er, ohne eine Antwort zu erwarten.

„Vier Uhr morgens, mein Schatz. Kommst du auch ins Bett?"

Als er aufblickte, sah er sich Jule gegenüber, der man mit ihrem überlangen T-Shirt und dem zerzausten Look ansehen konnte, wo sie herkam. Du hattest tief und fest geschlafen, als wir wiedergekommen sind. Da haben wir uns entschlossen, dich nicht zu stören", erklärte sie und wuselte durch sein Haar. Jule erwähnte mit keiner Silbe, dass sein Körper durchnässt war, als habe er sich nach der Dusche vergessen, abzutrocknen. Sie schenkte ihm nur einen verständnisvollen Blick, hauchte einen Kuss auf seine Stirn und flüsterte ihm ins Ohr:

„Wenn der nette Schnüffler nicht weißt, was er machen soll. Ich hätte einen Auftrag." Danach verließ sie den Raum. Doch die leisen, knarrenden Geräusche der Holztreppe verrieten ihm, dass sie auf dem Weg ins gemeinsame Schlafzimmer war.

„Tja", sagte er, „ich glaube ich nehme das Angebot an. Du hast doch nichts dagegen, Merlin?" Doch der Maine Coon Kater hatte es sich bereits an anderer Stelle gemütlich gemacht. „Na, wenn das nicht Antwort genug ist", lächelte Max und erhob sich, um Jule zu folgen.

„Wo ist denn mein Telefon?", stellte er beiläufig

fest, als er instinktiv in seine Hosentasche gegriffen hatte, in der er das Wunderwerk der Technik immer verstaute.

„Max! Kommst du!"

„Ach, wird schon wieder auftauchen. Was soll schon vorgefallen sein?", murmelte Max und öffnete im Vorbeigehen noch schnell den Wohnzimmerschrank, in dem sie die Süßigkeiten aufbewahrten. Eine Portion Nervennahrung konnte nicht schaden. Eigentlich bevorzugte er selbstgemachten Kuchen. Seine Mutter war eine begnadete Hobbybäckerin, die immer Kekse oder Kuchen im Haus hatte. So war er stets bei Problemen jeglicher Art mit dieser Leckerei verwöhnt worden.

„Max!"

„Ich komme!", verkündete er und steckte sich schnell noch ein Stück Schokolade in den Mund, bevor er voller Vorfreude in die obere Etage eilte. Er hatte die Türschwelle des Schlafzimmers allerdings noch nicht überschritten, da erreichte ihn ein Fall von allerhöchster Dringlichkeit.

„Papi, ich kann nicht schlafen!"

Sonntag   07.00 Uhr

Er hatte gewusst, dass es noch nicht vorbei war. In dieser trügerischen Ruhe hatte sich die verwundete „Bestie" nur zurückgezogen, um wieder zu Kräften zu kommen. Das Schwert des Damokles schwebte nicht länger über ihren Köpfen. Ganz im Gegenteil. Nein, er konnte diesen Zustand nicht länger ignorieren. Die Zeit war gekommen, um persönliche Belange in den Hintergrund zu rücken. Seit ihn der Anruf erreicht hatte reifte in seinem Kopf ein Plan nach dem anderen, wie er das Übel am besten beseitigen konnte. Allerdings hatte er bisher alle Ideen wieder verworfen. Frank Burgwein starrte in den Garten und ließ vor seinem geistigen Auge die Vergangenheit wieder lebendig werden. Tochter Lina, die mit Hanna über die Wiese tollte, während er mit seiner holden Gattin und dem befreundeten Ehepaar Berg die eine oder andere Flasche Rotwein „testete". Eine Erinnerung aus einer glücklicheren Zeit, die unwiderruflich verloren war. Frank Burgwein seufzte: „Lina tot, Emma tot, Mechthild …" Er stockte und stierte in das Grün, als suchte er das passende Wort in dem wild wuchernden Dschungel. „Tja", sagte er schließlich, bevor er für einen Moment leblos wie eine Statue an Ort und Stelle verharrte. Nachdem er wieder zum Leben erwacht war, schlurfte er in die Küche. Es dauerte nicht lange, der Technik sei Dank, dass er eine frische Tasse Kaffee in den Händen hielt. Das Koffein würde seinen Geist auf Touren bringen. Um die Wirkung noch zu verstärken, schüttete er einen kleinen Schluck Whisky in den Kaffee. Sein absolutes Geheimrezept, das bei seiner Mechthild stets für Unmut gesorgt hatte, hingegen es in Männerkreisen immer mit

Begeisterung aufgenommen worden war. Als das Elixier seine Speiseröhre wärmte, dachte er an das gestrige Zusammentreffen mit seinem früheren Vorgesetzten und ehemaligen besten Freund Wolfram Wilhelm Berg. Wider Erwarten war es ein zwangloser, netter Abend gewesen. Seine vorherige Befürchtung, dass Double-You Geschichten aus längst vergangenen Tagen hatte aufwärmen wollen, hatte sich zum Glück nicht bewahrheitet. Ganz im Gegenteil er schien dieses Thema zu meiden, wie der Teufel das Weihwasser. Und so sollte es auch bleiben! Schließlich musste er sich um eine andere Angelegenheit kümmern. Eine die keinen Aufschub duldete. Doch wie sollte er vorgehen?

„Erst einmal mehr von diesem Wundertrank", verkündete er und leerte den Inhalt des Flachmanns.

Sonntag   07.30 Uhr

„Das darf doch nicht wahr sein!" „Kaum zu glauben." „Wirklich?" „Unfassbar!" Die Worte, die Max beim Eintreten in den Bäckerladen vernahm, verrieten ihm bereits im Vorfeld, dass etwas Spektakuläres passiert sein musste. Das wöchentliche Brötchenholen beim hiesigen Bäcker war jedes Mal eine unschätzbare Quelle von Tratsch und Klatsch, die Max Knapp nicht missen wollte. Ebenso wie die gelegentlichen Besuche in dem Dorfladen in Kuhschisshagen. Natürlich war es bei den ungefilterten Informationen wichtig, das Wesentliche zu erkennen. Ob Schmidtchens Else auf ihre alten Tage noch ein Techtelmechtel mit dem Jupp von nebenan hatte, oder die Tochter von der Angelika Herrgott wieder schwanger war, war dabei von sekundärer Bedeutung. Doch beim heutigen Gespräch fiel ein Name, der seinen Spürsinn sofort in Alarmbereitschaft versetzte. „Ich bin mir sicher, dass es Matheo war." „Doch nicht der Matheo von Elsbeths Tochter?" „Doch genau der." „Ist das nicht die Elsbeth, die einen Franzosen geheiratet hat?"

„Entschuldigen Sie", mischte sich Max in die Unterhaltung ein. Es galt schnell zu handeln, bevor die Konversation wieder in für ihn uninteressante Bahnen abdriftete. Seine zwei Worte reichten vollkommen aus, um den Plausch schlagartig verstummen zu lassen. Alle Augenpaare waren auf ihn gerichtet.

„Verzeihung", räusperte er sich. „Ich wollte Sie nicht belauschen. Aber mir ist der Name Matheo aufgefallen, den Sie erwähnt haben."

„Sie müssen sich nicht entschuldigen, Herr Kommissar. Es ist doch Ihre Aufgabe, dass Ihnen Dinge auffallen", witzelte Bäckereifachverkäuferin Anne hinter dem Tresen. Alle Anwesenden kicherten verhalten. Max spürte diese leichte Anspannung, die den Raum erfüllte. Es war ein untrügliches Zeichen, dass er seinen Kommentar mit

Bedacht wählen musste, um den Mitteilungsdrang der Damen aufrechtzuerhalten, oder besser noch anzuheizen. Daher ignorierte er die spöttische Bemerkung und entschied sich, die Situation mit einem Lächeln zu entschärfen. Die Reaktion der Damenriege war vergleichbar mit einem plötzlichen Hagelschauer, der auf einen hinabprasselt. „Hatte dieser Matheo nicht den tragischen Unfall?" „Ne, Ilse, das war Selbstmord." „Nein, das kann ich mir nicht vorstellen. Das ist so ein netter Junge. Der hatte doch gerade erst seinen Schulabschluss gemacht, oder?" „Das hat doch nichts zu sagen. Kennt ihr noch den alten Fritz? Davon der Sohn, der hatte …" „Ja, sind denn eigentlich beide tot?" „Ich glaube nicht. Der Henri, der ist doch Sanitäter und der hat Bettina gesagt, dass …" „Ist das der Sohn von Silke?" „Ja, genau. Habt ihr denn auch schon gehört, dass die ein Verhältnis mit dem Jürgen hatte?" „Was du nicht sagst." Es dauerte eine geraume Zeit, bis Max die für ihn wertvollen Informationen erhalten hatte. Immer wieder schweifte eine der Damen ab und warf Belanglosigkeiten ein, die von den anderen sofort aufgegriffen wurden. Es schien wie ein Buschfeuer, das sich rasend schnell auszubreiten drohte und nur mit Müh und Not von Max kontrolliert werden konnte. Nach einer gefühlten Ewigkeit verließ er schweißgebadet den Laden mit einer Tüte Brötchen und einem großen Stück Bienenstich, den ihm alle an der „Gesprächsrunde"

Beteiligten empfohlen hatten.

„Jetzt aber schnell nach Hause", murmelte er und durchwühlte seine Hosentaschen, um die Uhrzeit auf seinem Handy abzulesen. Doch abgesehen von einem Taschentuch und dem Haustürschlüssel war dort nichts zu finden. Verflixt, er hatte doch schon gestern Abend sein Telefon vermisst! Verdammt noch mal, wie konnte er dies verdrängt haben. Hatte man womöglich versucht ihn zu kontaktieren? Allerdings warum sollte ihn jemand informiert haben, wenn es sich nur um einen Unfall gehandelt hatte? Tief in Gedanken versunken absolvierte er den Heimweg wie in Trance.

„Wo bleibst du denn? Dein Handy hast du auf dem Sofa liegengelassen, so dass ich dich nicht erreichen konnte! Ich habe mir schon Sorgen gemacht", empfing ihn Jule bereits vor der Haustür. Max zuckte zusammen.

„Hast du ein schlechtes Gewissen?", fragte Jule, der die Reaktion natürlich nicht entgangen war.

„Nein, nein natürlich nicht! Mir sitzt nur noch der Schreck in den Gliedern. Ich bin dem Wolfsrudel aus der Bäckerei nur mit Müh und Not entkommen", antwortete er und griff nach seinem Mobiltelefon, welches Jule ihm entgegenstreckte. Mit seinem geschulten Auge überflog er die Nachrichten, bevor er Jule einen Kuss auf die Stirn gab. Nein, er hatte keine wichtigen Telefonate verpasst. Max seufzte erleichtert.

„Nun erzähl schon! Was ist passiert?", verlangte Jule zu wissen und folgte ihm in die Küche, wo Elias bereits ungeduldig am gedeckten Frühstückstisch wartete. Das Messer mit Schokoladencreme bereits in der Hand.

„Hunger!", murrte er. Sofort wurde ihm ein aufgeschnittenes Brötchen gereicht, damit er seinen Appetit stillen konnte. In Windeseile hatte Max die Schuhe gegen seine ausgelatschten Slipper getauscht und gesellte sich zu seinem Sohn an den Frühstückstisch. Wortlos schüttete er sich eine Tasse Kaffee ein. Dabei spürte er Jules Blick, als würden Röntgenstrahlen in ihn eindringen.

„Was war denn los? Warum hat es beim Bäcker so lange gedauert?", fragte sie erneut. Er liebte es ihre Neugier zu schüren. Schon bald würde aus dem zarten Flämmchen ein loderndes Feuer. In Gedanken zählte er einen Countdown, angefangen bei der Zahl zehn, rückwärts runter. Bereits bei der Zahl sechs donnerte Jule los.

„Verflixt noch mal! Nun, sag schon! Was hast du gehört? Spann mich doch nicht auf die Folter! Ich warte hier die ganze Zeit und mache mir Sorgen, wo du bleibst. Und du …" Sie stockte abrupt, als Max, die dampfende Kaffeetasse in der Hand, ihr ein strahlendes Lächeln schenkte.

„Du bist echt gemein", sagte sie und zog einen Schmollmund wie ein trotziges Kind.

„Warum ist der Papi gemein?", verlangte Elias zu

81

wissen. Als beide in das schokoladenverschmierte Gesicht ihres Sohnes blickten, rückten die Neckereien erst einmal in den Hintergrund.

„Ach, Mami macht nur Spaß." Elias erwiderte nichts, da er viel zu sehr damit beschäftigt war, möglichst viel Creme auf der Brötchenhälfte zu verteilen.

„Übertreib es nicht. Das Glas muss nicht an einem Tag geleert werden."

„Das weiß ich", antwortete Elias trotzig und begann sein Werk zu verfeinern, indem er auch die letzte freie Stelle des Brötchens mit Schokolade bestrich.

Jule seufzte resigniert und richtete dann ein weiteres Mal die Aufmerksamkeit auf Max.

„Also, erzählst du mir jetzt endlich den neusten Dorfklatsch?"

„Nun, zwei junge Männer aus dem Ort mussten mit dem Rettungswagen ins Krankenhaus gebracht werden."

„Oh, das ist ja furchtbar. Ein Autounfall?"

„Tja, ein Unfall. Allerdings nicht mit dem Wagen. Aber irgendwie habe ich ein komisches Gefühl bei der Sache."

„Elias hör jetzt auf! Es ist genug Schokoladenbelag auf dem Brötchen. Du musst nicht jedes Mal nachschmieren, wenn du abgebissen hast."

Der Wissensdurst seiner Jule schien bereits gestillt, denn sie kommentierte seine Bemerkung nicht. Stattdessen berichtete sie ihm von den Urlaubsplänen einer Kollegin, den neuen Bestimmungen im Kindergarten und im Vordergrund Details über den gestrigen Ausflug. Max war ein wenig enttäuscht über ihr Desinteresse, das er darauf zurückführte, dass Elias mit am Tisch saß. Es war natürlich nicht die allerbeste Familienunterhaltung, über einen Unfall zu sprechen, von dem er noch nicht einmal wusste, ob alles glimpflich verlaufen war. Letztendlich war das Faszinierendste an diesem Vorfall, dass diese beiden Männer die Hauptakteure in seiner privaten Ermittlung waren. Ein Zufall?

„Hörst du mir eigentlich zu?", fragte Jule und riss ihn aus seinen Gedanken.

„Na klar", stammelte Max und hoffte, dass sie ihn nicht aufforderte, das Gesagte zu wiederholen. Schnell biss er in sein Brötchen, um Jule nicht in Versuchung zu bringen. Wahrscheinlich sah er sowieso, was diesen Unfall anging, wieder mal Gespenster. Er sollte den Sonntag mit der Familie genießen, anstatt voreilige Schlussfolgerungen zu ziehen, die nur auf Mutmaßungen beruhten.

„Papi, was hast du noch vom Bäcker mitgebracht?", fragte Elias und zeigte auf die Tüte, die er auf der Küchenablage positioniert hatte.

Max war sehr erleichtert über diesen Gesprächswechsel und antwortete erfreut: „Kuchen."

„Toll, was für welchen?"

„Bienenstich."

„Sind da Birnen drin?"

Max schaute seinen Sohn erstaunt an, ohne ihn wirklich wahrzunehmen.

„Birnen", murmelte Max vor sich hin, „Birnen? Deine Frage ist recht ungewöhnlich, aber du hast Recht, manchmal verbirgt sich das Offensichtliche." Im Geiste kehrte er in die Bäckerei zurück. Hatte er vielleicht etwas überhört, oder übersehen? Vielleicht sollte er bezüglich des Unfalls doch ein paar Nachforschungen anstellen?

„Birnen mag ich nicht!", verkündete in diesem Moment Klein-Elias lautstark und katapultierte Max damit in die Wirklichkeit zurück.

Sonntag   15.00 Uhr

Das Wasser der Sorpe glitzerte wie ein Diamant in der Sonne. Auch er würde bald glänzen. Er freute sich schon auf den Moment, wenn er in die Gesichter seiner Kollegen blicken würde. Den Mund weit aufgerissen, unfähig die richtigen Worte zu formulieren. Neidisch, dass es ihnen nicht, gelungen war diese Mega-Story an Land zu ziehen. Allerdings gab es etwas, das seinen Triumph ein wenig überschattete. Nämlich die Tatsache, dass ihm noch keine glaubhafte Ausrede eingefallen war, die sein Nicht-Eingreifen erklärte. Nun gut, er könnte argumentieren, dass er niemals mit diesem Verlauf gerechnet hätte. Niemand könnte ihm das Gegenteil beweisen. Einem plötzlichen Impuls folgend beugte er sich hinab, um einen der unzähligen kleinen Steine aufzuheben. Seine Wahl fiel auf ein besonders flaches Exemplar. Mit einem verschmitzten Lächeln ließ er den Stein über die Wasseroberfläche gleiten und beobachtete, wie sein Wurfobjekt nach drei Sprüngen in den Tiefen des Sorpesees verschwand. Er starrte immer noch versonnen auf die Stelle, als ihn etwas am Hinterkopf traf.

Montag   07.55 Uhr

Immer wieder waren seine Gedanken abgeschweift, um sich mit der eigenartigen Bienenstich-Theorie zu beschäftigen. Er fühlte sich wie ein Bluthund, der eine Fährte gewittert hatte, von der er nicht ablassen konnte. Während sein Sohn Elias von der Aufführung in Herdringen geschwärmt hatte, und in seinem kindlichen Übermut alle für ihn wichtigen Einzelheiten zum Besten gegeben hatte, hatte Max von Zeit zu Zeit mit den Kopf genickt oder ein „Ah" und „Oh" einfließen lassen. Jule war zwar nicht entgangen, dass er nicht die ganze Zeit geistig anwesend war, hatte diesen Umstand zum Glück aber nicht kommentiert.
Mittlerweile war das Wochenende vorüber und er saß im Polizeibüro und wartete voller Ungeduld auf seinen Kollegen. Dank der sozialen Medien hatte er bereits Unmengen von Daten über den gestrigen Vorfall zusammentragen können. Doch

die Schwierigkeit bestand wie immer darin, herauszufinden, was wirklich der Wahrheit entsprach. Einmal handelte es sich angeblich um ein Eifersuchtsdrama, bei dem alle Beteiligten den Tod gefunden hatten wie in einem dramatischen Theaterstück. Andere berichteten von einem tragischen Unfall mit einem Happy End. Doch auch das Thema Mord machte die Runde und hatte eine große Zahl von Anhängern. Da sein Kollege Erik Danke am vergangenen Wochenende Bereitschaftsdienst hatte, hoffte Max, dass dieser seine Wissenslücken füllen würde.

„Morgen."

Wie jeden Arbeitstag erschien sein Kollege exakt fünf Minuten vor Dienstantritt. Nach all den Jahren fiel Max plötzlich auf, dass ihre bisherigen Konversationen stets rein dienstlicher Natur gewesen waren. Das war aller Wahrscheinlichkeit nach der Tatsache zu schulden, dass bereits Erik Dankes Erscheinungsbild widerspiegelte, dass er nicht zur Kategorie Kumpel-Typ gehörte. Er verkörperte eher den korrekten Beamten, der strikt den Anweisungen Folge leistete und dabei keine Gemütsregung erkennen ließ. Doch heute würde Max Emotionen herauskitzeln, da war er sich vollkommen sicher. Es kam einzig und allein auf die richtige Vorgehensweise an.

„Guten Morgen. War bestimmt ein aufregendes Wochenende. Kaffee gefällig?", begann Max die Unterhaltung in Gang zu bringen. Doch leider verlief das Ganze nicht so schwungvoll wie er es sich gewünscht hatte, denn Erik Danke schaute nur kurz auf und antwortete:

„Warum? Nein danke."

Für den Bruchteil einer Sekunde war Max von dieser Erwiderung etwas überrumpelt. War diese knappe Antwort auf das sauerländische Naturell seines Kollegen zurückzuführen, oder wollte er sich aus anderen Gründen nicht äußern?

„Hm. Nun ja, da war doch dieser Einsatz."

„Ach", sagte Erik Danke und blickte für einen Moment von seinem Papierstapel auf. „Wir reden doch nicht etwa von diesem jungen Kerl, der so besoffen war, dass er seine Nussallergie verdrängt hatte und seinem Freund, der sich im Alkoholrausch aus Liebeskummer das Leben nehmen wollte. Beide Männer haben überlebt, da ein wildlebendes Katzenviech Alarm geschlagen hat."

Für einen klitzekleinen Augenblick glaubte Max in der Stimme von Erik Danke einen Hauch von Enttäuschung zu hören. Aber das ergab doch keinen Sinn? Warum sollte sein Kollege nicht über einen glücklichen Ausgang erfreut sein?

„Das ist doch eine tolle Geschichte", warf Max ein und musterte seinen Kollegen, der sich wieder seiner Arbeit gewidmet hatte.

„Na klar, die Boulevardpresse wird sich darauf stürzen", antwortete dieser ohne aufzublicken, wobei seine Stimme wieder ihren neutralen Klang zurückerlangt hatte.

„Hm", murmelte Max. Hatte er die vorherige Reaktion falsch gedeutet? Vielleicht war es nur ein Räuspern gewesen? Ja, das könnte es gewesen sein. Oder nicht? Er brauchte mehr Details, um sich ein Bild machen zu können.

„Gab es Zeugen?"

„Zeugen? Warum sollten wir jemanden befragen? Zwei junge Männer, die im Alkoholrausch unsinnige Entscheidungen getroffen haben und einen Katzenschutzengel an ihrer Seite hatten. Was hätte uns eine Befragung für andere Erkenntnisse geliefert?"

„Im Bienenstich sind keine Birnen", gab Max zu bedenken, während er auf seiner Schreibtischunterlage herumkritzelte.

„Wie bitte?!"

„Manchmal verbirgt sich das Offensichtliche."

„Aha", antwortete Erik Danke ohne erkennen zu lassen, was er dachte.

„Na denn", murmelte Max, „unser Gespräch scheint beendet zu sein." Da sein Kollege sich noch nicht einmal die Mühe machte, dies zu kommentieren, geschweige denn von seiner Arbeit aufzublicken, wandte sich Max ab und lehnte sich in seinem Schreibtischstuhl zurück. Dabei vermied er es, die Alpenlandschaft anzuschauen. Obwohl ihm nun die Fakten zu dem Vorfall bekannt waren, stellte sich kein Gefühl der Zufriedenheit ein. Immer noch nagte diese Neugier an ihm, die sich nur damit erklären ließ, dass die beiden „Opfer" die Hauptfälle in der privaten Akte waren. Diesen Auftrag, den er von der allerhöchsten Stelle erhalten hatte - von Wolfram Wilhelm Berg persönlich. War alles wirklich nur ein Zufall? Oder war der Vorfall eine Art von „Bienenstich?" Schon beim Gedanken an Kuchen, verspürte er den Drang nach Süßem. Wie gut, dass er einen kleinen Vorrat für Notfälle angelegt hatte. Als er seine Schreibtischschublade öffnete, um einen Riegel Nervennahrung herauszunehmen, fiel sein Blick auf einen Zettel, auf dem er mit großen Lettern „Frank Burgwein" notiert hatte. Dies war ebenfalls eine Angelegenheit, die seine Fantasie beflügelte. Was war dort geschehen? Sollte er Erik Danke fragen? Immerhin hatte dieser viele Jahre mit Frank Burgwein zusammengearbeitet, bevor dieser in den Ruhestand gegangen war. Allerdings hatte sich der vorherige Plausch schon als äußerst schwierig erwiesen. In diesem Moment wurde ihm erneut bewusst, wie wenig er überhaupt über das private Leben seiner Arbeitskollegen wusste. Der Gedanke, dass die Zeit gekommen war, dies zu ändern, ergriff von ihm Besitz und ließ ihn nicht mehr los.

„Hütet Euch, der Mister Max Holmes ist aktiviert", hatte Marie immer scherzhaft gesagt, um diesen Zustand zu beschreiben. Max musste schmunzeln, als ihm diese Worte in den Sinn ka-

men. In der rechten Hand die Schokolade, krakelte er mit der anderen Hand das Wort „Bienenstich" auf einen Schreibblock.

„Vielleicht ist es eine gute Idee mal einen Sparziergang zu machen", murmelte Max.

Montag   11.00 Uhr

Er konnte sich nicht daran erinnern, was wirklich passiert war. So sehr er auch seine Gehirnzellen marterte, die Ereignisse blieben verborgen, als befänden sie sich in einer geheimen Kammer, zu der der Schlüssel unauffindbar war. Würde er jemals die Gedächtnislücken füllen können? Da war die Feier, ihr Gespräch, ihr … Ja, was dann? Unmöglich ein Puzzle zu beenden, wenn man überhaupt nicht wusste, aus wie vielen Teilen sich das ganze zusammensetzte.

Ben schaute sich im Zimmer um. Es war zweckmäßig eingerichtet, wie man es von Krankenhauszimmern erwartete. Kein Ort, an dem man sich heimisch fühlte. Auf der Bettkante sitzend wartete er auf das Ärzteteam, das abklären wollte, ob er das Hospital verlassen konnte. Wieder einmal vibrierte sein Mobiltelefon, das er in der Hand hielt. Ein kurzer Blick genügte um zu erkennen, wer versuchte ihn zu erreichen. Er stöhnte auf, bevor er das Telefonat annahm.

„Ich melde mich, sobald ich weiß, wann du mich abholen kannst, Mama", sagte er mit Nachdruck und beendete die Konversation. Wieder erwachte das kleine Gerät zum Leben und kündigte den nächsten Anrufer an.

„Hanna", murmelte er und starrte auf das Display, ohne das Gespräch entgegenzunehmen. Seine Eltern, Matheos Eltern, Hanna, sogar die Presse, alle hatten ihn bereits am gestrigen Tag besucht und mit Fragen und Fakten überschüttet. „Ich verstehe das nicht. Du weißt doch, dass du auf Nüsse allergisch reagierst. Zum Glück war dieses Katzentier da." „Mensch, Junge was treibt ihr denn für Sachen? Was ist passiert? Wie konnte Matheo so etwas machen?" „Mein Liebling, ich hatte solche Angst um dich." „Erzählen Sie bitte in allen Einzelheiten." Dies war nur ein Bruchteil der Sätze, die auf ihn niedergeprasselt waren, wie ein plötzlich aufkommender Starkregen. Abgesehen von den persönlichen Besuchern war sein Handy im Dauereinsatz gewesen. Nicht dass es ihn nicht gefreut hatte, dass so viele Personen an seinem Wohlergehen interessiert waren. Allerdings war es bei den meisten wahrscheinlich eher Neugier als ehrliche Fürsorge. Ben schüttelte sich, als könnte er sich dadurch all der Gedanken entledigen. Dann schaltete er sein Telefon aus. Schluss mit dieser Grübelei! Irgendwann würden die Erinnerungen bestimmt zurückkehren. Es war schon blöd, dass er anscheinend im Delirium seine Allergie komplett verdrängt hatte. Doch absolut unvorstellbar war für ihn die Tatsache, dass sein bester Freund Matheo angeblich Selbstmord hatte begehen wollen. Das konnte nicht sein! Das durfte nicht sein! Hatte er irgendetwas gesagt und damit Matheo dazu gedrängt, sich die Pulsadern aufzuschneiden? Oder noch schlimmer, hatte er es getan? Nein, das wäre doch noch absurder, oder?

Montag   11.15 Uhr

„Mist! Es hat nicht geklappt! Jetzt hast du nochmal Glück gehabt, das nächste Mal werde ich dich aber auf jeden Fall erwischen!"
„Du bist doof", plapperte Walter und betrachtete sie mit seinen kleinen Augen.
„Halt den Schnabel!"
Gudrun stand nicht der Sinn danach, mit Walter zu diskutieren. Bewaffnet mit einer Zeitungsrolle wartete sie auf den geeigneten Moment, um den Störenfried, der ihr seit einigen Tagen den Schlaf geraubt hatte, zu beseitigen. Leider bisher ohne Erfolg. Doch vielleicht war dieses lästige Insekt auch nur der Sündenbock, den sie für ihre Schlaflosigkeit verantwortlich machte, um den eigentlichen Grund ignorieren zu können. Noch immer war sie hin- und hergerissen von den Schilderungen des Unfalls, die im Ort die Runde gemacht hatten. Wer schon mal auf dem Lande gewohnt hat, weiß, dass sich Tratsch und Klatsch in den dörflichen Gegenden schneller ausbreitete als ein

Feuer in der ausgedörrten Steppe.

„Und Sie sind sich sicher?", hatte sie mehrmals gefragt, in der Hoffnung eine andere Schilderung zu erhalten.

„Was hast du getan?", murmelte Gudrun in Gedanken versunken und hielt in ihrem Treiben inne. Für einen Augenblick verharrte sie unbeweglich an Ort und Stelle, als handelte es sich um ein Standbild in einem Spielfilm.

„Du bist doof!", krächzte Walter und fungierte sozusagen als geheimes Kommando, um Gudrun aus ihrer Starre wieder in die Wirklichkeit zurückzuholen.

„Jetzt weiß ich was ich mache! Ich werde ihn zur Rede stellen. Vielleicht könnte ich ihm sogar etwas Wertvolles anbieten", erklärte Gudrun und strahlte wie ein Teenager, der seinem großen Schwarm gegenübersteht.

Endlich war ihr lang ersehnter Moment gekommen. An jenem Abend, als sie Florian gefolgt war, hatte sie nach einiger Zeit enttäuscht und kurzatmig den Heimweg angetreten, als sie erkannte, wohin ihn der abendliche Ausflug nach einigen Umwegen letztendlich führte – nämlich in Matheos Arme. Doch wie es schien, hatte er den nächtlichen Besuch anders genutzt, als von ihr erwartet. Die Geschichte hatte in Gudruns Augen viele Parallelen zu den historischen Liebesromanen, die sie haufenweise „verschlang". Der Held, von der Liebe seines Lebens ent-

93

täuscht, kann nicht loslassen und sehnt sich nach einer Versöhnung. Wenn er erkennt, dass es kein Happy End geben wird, kann er den quälenden Gedanken nicht ertragen, dass seine große Liebe in den Armen eines anderen sein Glück findet. Er handelt, ohne sich der Konsequenzen bewusst zu sein.

Und nun kam ihr Kapitel. Sie würde ihm Trost und Liebe bieten und ein Alibi.

Montag   12.00 Uhr

Blut benetzte den Boden. Der Lebenssaft quoll aus der Wunde und bildete schon bald eine rote Lache. Das Wimmern des Opfers wurde leiser und leiser, bis es endgültig erstarb. Ein letztes Aufbegehren, dann ruhte es still und schweigsam wie der See, indem sich der Vollmond spiegelte. Reporter Jonas stierte auf den Fernseher, während er mit einem Eisbeutel immer noch die Beule am Hinterkopf kühlte, wo ihn der Fußball getroffen hatte.

„Aua", jammerte er, „autsch, das tut weh."

Niemand kommentierte das Wehklagen, oder versuchte ihm Trost zu spenden. Wer sollte das auch machen? Denn wie immer war Jonas Blitzke allein in seiner Wohnung. Doch dieser Zustand würde sich bald ändern, da war er sich vollkommen sicher.

Ein weiteres „Aua" hallte durch die Räume. Der

Schock nach der Attacke hatte sich mittlerweile gelegt, als der vermeintliche Anschlag auf sein Leben nichts weiter als ein deplatzierter Pass gewesen war.

„Nicht mehr kalt genug", stellte er sachlich fest und musterte den Eisbeutel, als erwartete er eine Entschuldigung. Er verharrte noch einen Augenblick, um das Ende des Krimis für den Gang zum Eisfach abzuwarten. Der ungeplante Knock-out hatte ihn dazu gezwungen eine Ruhepause zu Hause einzulegen. Zeit, um die weitere Vorgehensweise bezüglich seines journalistischen Durchbruchs zu überdenken. Seiner Ansicht nach war es das Beste, den Schuldigen mit der Tat zu konfrontieren. Wenn er alles geschickt angehen würde, könnte er diesen dazu bringen, sich der Polizei zu stellen. Das würde auch hinsichtlich der unterlassenen Hilfeleistung seinerseits keine Fragen aufwerfen. Zum Glück war niemandem ernsthaft Schaden zugefügt worden. Obwohl er dies insofern bedauerte, da dieser Matheo immer noch seinem Liebesglück mit Hanna im Weg stand. Verdammt noch mal, warum hatte dieser nicht beim anderen Geschlecht bleiben können? Der Blödmann hatte durch sein Schwanken ein totales Chaos angerichtet. An jenem Abend als Jonas, Matheo und Ben gefolgt war, nachdem sie die Party verlassen hatten, war er fest entschlossen gewesen ihnen mitzuteilen, dass er Hanna für sich beanspruchte. Doch kurz bevor er zur Tat schreiten konnte, bemerkte er aus seinem Versteck heraus eine Person, die sich unaufhaltsam näherte. Da sich zu dieser Uhrzeit selten Spaziergänger in diese Einsamkeit verirrten, hielt Jonas es für angebracht, seine Deckung nicht aufzugeben.

„Sieh mal einer an", hatte er geflüstert, als er einen Blick auf die Gestalt erhaschen konnte. Das Schicksal meinte es gut mit ihm. Ein Eingreifen seinerseits war nicht mehr nötig denn der verschmähte Liebhaber würde die Sache für ihn richten. Er hätte niemals gedacht dass dieser Schönling zu solch drastischen Methoden greifen würde.

„Hol dir deine große Liebe zurück", hörte sich Jonas noch flüstern und wollte gerade sein Versteck verlassen, als er erneut Schritte vernahm. Verborgen vom Dickicht konnte er eine ihm unbekannte Frau erkennen, die zum Haus blickte, sich dann abrupt abwandte und davon eilte.

„Wer auch immer das war", sagte Jonas laut, ohne dass dies jemanden interessierte, denn außer ihm war schließlich keiner in der Wohnung, „Es ist entschieden! Ich werde diesem Florian Richter einen Besuch abstatten", erklärte er seinen imaginären Zuhörern. Für einen Moment verharrte er, als erwartete er Applaus oder einen Zuspruch, dann legte er den Eisbeutel vorsichtig in die Spüle. Ein kurzes Zögern, bevor er den Kühlschrank öffnete und eine Flasche Bier herausholte, die er in einem Zug leerte.

„Ah, das tut gut", seufzte er und widerstand der Versuchung noch eine weitere zu trinken. Es kostete ihn all seine Kraft, sich abzuwenden. Das Verlangen, sich noch mehr Mut anzutrinken, damit er der Mission gewachsen war, glich einer ungezähmten Bestie.

„Nein, nein! Ich muss doch noch Auto fahren", erklärte er einem unsichtbaren Gesprächspartner, bevor er die Wohnung verließ. Beim Abschließen der Wohnungstür stockte er.

„Hm, habe ich wirklich alles?" Wie ein Sprinter, der gerade den Startschuss gehört hatte, rannte er plötzlich zurück in die Küche, öffnete den Kühlschrank und holte eine weitere Flasche Bier heraus. Gehetzt schaute er sich um, als erwartete er einen Tadel für ungehorsames Benehmen.

„Die trinke ich, sobald ich angekommen bin", beruhigte er sein Gewissen und machte sich dann auf den Weg zu seinem Kleinwagen. Durch seine Reportertätigkeit war ihm die Umgebung vertraut, so dass er noch nicht einmal sein Navigationsgerät benötigte, um den Wohnort von Florian Richter ausfindig zu machen. Eine Viertelstunde plante er für den Weg von Amecke nach Kuhschisshagen ein, der ihn durch ein landschaftlich reizvolles Tal führte. Doch er war nicht in der Stimmung diese Idylle zu bewundern. Je näher er dem Ziel kam, desto nervöser wurde er.

„Vielleicht sollte ich …", dachte er laut und

schielte auf die Flasche, die im Getränkehalter der Mittelkonsole leicht hin- und herschwankte. „Verflixte Kurven", murmelte er entschuldigend. Als er schließlich die Zielstraße erreichte, fuhr er langsam die Häuserreihe entlang, bis die richtige Hausnummer in Sicht kam.

„Ach", stellte er erleichtert fest, „daneben wohnt doch dieser Heinz-Otto Schulte–Vliess. Den habe ich schon mal zum Thema „Zeitgeschehen" interviewt." Diese Tatsache gaukelte ihm eine zerbrechliche Sicherheit vor, als würde ihm der ehemalige Besuch einen gewissen Heimvorteil verschaffen. Er parkte den Wagen, packte sich die Flasche wie ein Verdurstender den letzten Tropfen Wasser in der Wüste und leerte diese nach dem Öffnen ohne abzusetzen. Nach einem Rülpser stieg er aus dem Auto und schlurfte auf das Haus zu, dessen Eingang seitlich vom Weg lag. Der Vorgarten ließ auch jeden Nicht-Garten-Experten erkennen, welche Blütenpracht noch im Dornröschenschlaf schlummerte. Aus der Anzahl der Skulpturen, die den Garten bevölkerten war ersichtlich, dass es sich bei Florian Richter um einen Kunstliebhaber handelte. Zwischen den Lorbeerbüschen, die den Bereich der Haustür abschirmten, verbargen sich fratzenähnliche Wesen, die Jonas an alte Kirchen oder Burgen erinnerten. Diese Drohgestalten funkelten ihn mit ihren kleinen Augen böse an und schienen mit ihren Klauen nach ihm greifen zu wollen. Obwohl ihm trotz seines Alkoholkonsums bewusst war, dass diese Gargoyles vor dem Bösen schützen sollten, konnte er nicht verhindern, dass ihm bei ihrem Anblick ein Schauder über den Rücken lief. Alles an dieser Umgebung wirkte grotesk und unwirklich. Doch das Makaberste und Schaurigste waren die echt aussehenden Füße mit den Beinen, die auf der Treppe lagen. Der Rest der Figur, sofern dieser überhaupt vorhanden war, wurde von den Sträuchern verschluckt.

„Abscheulich", murmelte er und lugte voller Neugier in das Buschwerk. Mit einem Schlag wurde ihm heiß und kalt zugleich. Seine Hände begannen zu schwitzen, während sein Herzschlag mit der Lautstärke einer Pauke konkurrieren konnte. Nein, dies war kein Kunstwerk! Es handelte sich um einen leibhaftigen Frauenkörper. Der kurze Blick hatte vollkommen ausgereicht, um in der Toten die Frau wiederzuerkennen, die am besagten Abend Florian Richter verfolgt hatte.

„Ach, du meine Güte", jammerte Jonas Blitzke. Genau in diesem Moment öffnete sich die Haustür.

Montag   12.00 Uhr

„Ich habe dich kommen lassen, um dir mitzuteilen, dass du ihn jetzt haben kannst."

Leonie hockte auf dem Ledersessel und starrte Hanna für einen Moment sprachlos an. Es war ihr unbegreiflich, wie jemand derart gefühllos über eine Person reden konnte, die man noch vor kurzem als den Freund bezeichnete, der noch nicht bereit für eine neue Beziehung war.

„Toll", stammelte sie schließlich, bemüht ihrer Stimme ebenfalls einen emotionslosen Klang zu verleihen, was allerdings fehlschlug. Doch Hanna schien nicht im Geringsten daran interessiert zu sein, wie sie auf diese Nachricht reagierte. Das war mal wieder typisch Hanna. Leonie seufzte. Aus irgendeinem Grund war alles sowieso viel komplizierter geworden. Auf der letzten Party war der Kumpel von Ben, dieser Matheo erneut nicht von ihrer Seite gewichen. Ein netter, aber auch lästiger Wegbegleiter, der sie umschwirrt hatte wie die Motten das Licht. Wenn sie nicht gewusst hätte, dass er sich für das andere Geschlecht interessierte, hätte man den Eindruck gewinnen können, dass er sie als Freundin begehrte. Aber das war doch absoluter Quatsch, oder?

„Sag einmal, hörst du mir eigentlich zu?"

„Ach, lass mich doch in Ruhe mit deinem Liebesleben! Seien wir doch mal ehrlich. Der einzige Mensch, den du wirklich liebst, bist du selbst. Du bist eine kalte, herzlose, egoistische, blöde Kuh, die jeden solange ausnutzt, bis dein Interesse abflaut. "

Ohne Zögern griff sie nach dem Föhn, der zufällig in Reichweite lag, und knallte ihn Hanna auf den Schädel. Immer und immer wieder, selbst als diese bereits auf dem Boden lag. Blut besudelte den weißen Flokatiteppich und verwandelte ihn in kürzester Zeit in ein einmaliges, bizarres Kunstwerk.

„Leonie!"

„Tut mir leid! Tut mir leid", stammelte diese und schaute ihr Gegenüber mit vor Schreck geweiteten Augen an.

„Du meine Güte. Was ist denn mit dir los? Man könnte meinen, du hast einen Geist gesehen?" Es war Leonie, als lichtete sich ein Nebel, der die Sicht auf die Realität getrübt hatte. Mit einer Mischung aus Freude und Bedauern wurde ihr klar, dass sich die Tat nur in ihrer Fantasie abgespielt hatte. Auch der Monolog schien nicht stattgefunden zu haben, wenn man das Verhalten von Hanna betrachtete. Allerdings war Kritik bei ihr schon immer verdampft, wie Wassertropfen auf einem glühend heißen Stein.

„Na, wie auch immer. Er ist wirklich sooo toll." Leonie hatte keine Ahnung, von was oder wem Hanna schwärmte.

„Meinst du Ben? Du hast doch eben gesagt, den könnte ich haben", sagte Leonie mit einer Mischung aus Verwirrtheit und Unglauben. Obwohl sie mittlerweile an Hannas Eigenarten und Marotten gewohnt war, konnte sie es immer noch nicht fassen, dass diese ihren Freund zu diesem Zeitpunkt abschob. Immerhin hatte er einen Unfall gehabt, der ihn fast das Leben gekostet hätte. Als ob Hanna ihre Gedanken lesen konnte, begann sie plötzlich ihr Verhalten zu rechtfertigen.

„Thilo hat mir versichert, dass es Ben gut geht. Sonst würde ich ihn natürlich nicht an dich weiterreichen."

„Weiterreichen", murmelte Leonie und musste einen Brechreiz unterdrücken. „Weiterreichen. Wir sprechen doch nicht von einem Gegenstand. Wer ist überhaupt Thilo?" Leonie fühlte sich, als würden ihr haufenweise Informationen fehlen, um dieses Durcheinander nur halbwegs zu verstehen.

„Na, der schnuckelige Arzt, von dem ich dir die ganze Zeit erzählt habe. Es ist alles so aufregend. Stell dir vor: Wir sind verabredet. Wärst du so nett und schaust bei Gelegenheit bei Ben vorbei?"

„Soll das heißen, dass du ihm noch nicht gesagt hast, dass es mit euch aus ist?"

„Aber nicht doch", entrüstete sich Hanna, „für wie herzlos hältst du mich? Nachdem ich Ben telefonisch nicht erreichen konnte, habe ich ihm eine Textnachricht geschickt."

Leonie öffnete ihren Mund und schloss ihn wieder. Wieder einmal war sie unfähig die richtigen Worte zu finden, während sich Hanna strahlend vor dem Kommodenspiegel drehte.

Leonie musterte Hanna wie eine Fremde. Ihre Gedanken überschlugen sich.

„Na, wie sehe ich aus?"

„Äh, gut. Gut. Sehr gut", stammelte Leonie.

„Würdest du mir den Föhn reichen?"

„Wie? Was? Föhn?", erwiderte Leonie und zuckte zusammen, als sie bemerkte, dass sie den Haartrockner mit einer Hand umklammerte.

Montag 12.30 Uhr

„Guten Tag, mein Name ist Max Knapp. Ich bin Kriminalkommissar und würde mich sehr gern mit Ihnen unterhalten."

„Mir doch egal, wer Sie sind. Ich habe keine Zeit, meine Hühner erwarten ihr Futter", erklärte Gacka-Paul und schloss die Tür. Doch dies gelang ihm nur bedingt, da Max Knapp in weiser Voraussicht seinen Fuß als Stopper zwischen Tür und Schwelle platziert hatte.

„Was dagegen, wenn ich Sie begleite? Oder haben Sie etwas zu verbergen?"

Für den Bruchteil einer Sekunde glaubte Max eine Art von Besorgnis in Gacka-Pauls Gesicht zu erkennen. Allerdings konnte es sich auch um Unmut handeln, da er in das heilige Reich dieses Eigenbrötlers eindringen wollte. Trotz all der Jahre, die er nun schon in Amecke lebte, war er Gacka-Paul noch nie persönlich begegnet. Es kursierten viele Gerüchte, von denen die meisten wahrscheinlich in das Land der Mythen und Legenden gehörten, oder wie man heute zu sagen pflegte, schlicht und ergreifend Fake News waren. Aber gab es da nicht dieses Sprichwort, das einem versicherte, dass selbst die unglaubwürdigsten Geschichten ein Fünkchen Wahrheit enthielten? Wie auch immer, Max Knapp liebte seinen Beruf, in dem es galt Vermutungen und Erzählungen mit Fakten zu füllen. Eines konnte er aber nicht abstreiten. Dieser Gacka-Paul war ein Sauerländer Unikat, der durch seine Erscheinung und die Tatsache, dass er in diesem abgelegenen Haus wohnte, die Fantasie beflügelte.

Ohne eine Antwort auf Max Frage zu geben, wandte sich Gacka-Paul ab. Max folgte ihm in das Innere des Hauses, dankbar, dass Gacka-Paul kein Interesse an einem Durchsuchungsbeschluss oder anderen amtlichen Dokumenten zu haben schien. Ohne sich an seinem „Schatten" zu stören, startete er seinen Tagesablauf. Ihr Weg führte durch die Küche, von der man durch eine Tür in den Garten gelangte.

„Leben Sie allein?", fragte Max und schaute sich fasziniert im Haus um. Gacka-Paul nickte nur und verschwand durch die Tür nach draußen. Versonnen betrachtete Max das Mobiliar, das jeden Retro Fan in Ekstase versetzt hätte. Es war wie das Eintauchen in eine längst vergangene Epoche, als wäre die Haustür ein Zeitportal. Die Vergangenheit schien so greifbar, als wäre sie ein lebendiges Wesen. Max schüttelte seinen Kopf, als müsse er sich von den törichten Gedanken befreien. Was war denn mit seinem Verstand los? Nein, er war viel zu rational, um an Geister zu glauben und doch .... Dieses Haus hatte etwas Unbeschreibliches. Hütete es ein dunkles Geheimnis? Einem plötzlichen Impuls folgend, verließ er das Gemäuer, um sich wieder zu Gacka-Paul zu gesellen. Er benötigte nicht lange, um den Alten einzuholen, da die wuchernden Büsche zu beiden Seiten des Pfades nicht zum Verweilen einluden und mehr oder weniger die Laufrichtung bestimmten. Als sich die Vegetation lichtete, streifte sein Blick einen Erdhügel, der ihn magisch anzog.

„Was liegt denn da?", fragte er im Vorbeigehen, ohne mit einer Antwort zu rechnen. Gacka-Paul stoppte abrupt, so das Max einen Aufprall nur haarscharf verhindern konnte. Für einen Moment war er ihm so nahe, dass er jede Falte des Gesichts erkennen konnte. Die Haut zeugte von vielen Jahren Lebenserfahrung, während die graublauen Augen vor jugendlichem Tatendrang zu strotzen schienen.

„Bruno", antwortete er mit einem Hauch von Wehmut in der Stimme.

Max runzelte die Stirn und sortierte in Gedanken die Informationen, die er bisher über diesen Sonderling gelesen hatte. Noch bevor er die fehlenden Details erfragen konnte, ergänzte der Alte: „Bruno, mein Hund. War ein feiner Kerl."

„Wer liegt noch dort begraben?" Max konnte nicht erklären, was ihn dazu bewogen hatte, diese

Frage zu stellen. Es war ein Bauchgefühl, eine Intuition, die von ihm Besitz ergriffen hatte, als er die grünlose Fläche entdeckt hatte.

„Keine Ahnung", erwiderte Gacka-Paul regungslos und zuckte zur Bestätigung dieser Aussage mit den Schultern, bevor er sich von Max abwandte.

„Kommt! Kommt!"

Interessiert beobachte Max, wie die Hühnerschar freudig heraneilte. Obwohl er eine leichte Skepsis in den schwarzen Knopfaugen zu erkennen glaubte.

„Kommt!", lockte Gacka-Paul, „habt keine Angst."

Als sei dies das Codewort, auf das die Vögel gewartet hatten, drängten sie näher herbei, wobei sie gierig die von Gacka-Paul gereichten Körner verschlangen. Erst jetzt fand Max Zeit über die eigenartige Äußerung von Gacka-Paul nachzudenken. Was sollte das bedeuten, dass er nicht wisse, wer noch dort ruhte? Handelte es sich um eine zufällig wiedergebende Äußerung, die ihn verwirren sollte? Für einen klitzekleinen Augenblick liebäugelte er mit dem Gedanken, den Alten zu fragen, doch eine Stimme in seinem Innern hielt ihn davon ab. Plötzlich sah er vor seinem geistigen Auge Melanie Burgwein, die ihm lächelnd eine Tasse Kaffee eingoss. Er befand sich wieder hinter ihrem Haus und blickte in das Chaos. Ihn schauderte, als er erneut den Erdhügel betrachtete. Hatte er Melanie Burgwein gefunden? Noch in Gedanken versunken, zuckte er zusammen, als ihn etwas an der Schulter berührte. Mit klopfendem Herzen wandte sich Max um und sah sich Gacka-Paul gegenüber, der eine Axt in den Händen hielt. Genau in diesem Moment, gleich dem finalen Tusch in einem Theaterstück, klingelte sein Telefon.

Montag   12.30 Uhr

Die Lage war verworren. Nichts lief wie geplant. Von der Bank aus hatte man einen tollen Blick auf das Vorbecken der Sorpe. Die Sitzgelegenheit stand mitten im Wasser und war nur durch einen Steg aus dicken Steinen mit dem Festland verbunden. Ein idealer Platz, um die verfahrene Situation zu überdenken. Auf der linken Seite des Sees stand ein verlassener Gasthof, der seine Blütezeit bereits vor Jahren hinter sich gelassen hatte. Nun thronte er, von der Fahrstraße getrennt, am Wegesrand. Ein Gebäude von den meisten vergessen, von vielen nicht gekannt und doch ein Gemäuer mit einer Geschichte. Alles hatte eine Vergangenheit. Was, wenn man diese nicht loslassen konnte? Ein Entenpärchen drehte unbekümmert seine Runden unter der Bank. Sie waren zum Greifen nahe. Bewundernswert wie sorglos das Federvieh zu sein schien. Oder war es die Gier nach Essbarem, die sie zu diesem Leichtsinn verführte? Was auch immer? Es gibt unzählige Beweggründe, die uns dazu bringen etwas Bestimmtes zu tun. Ob aus Liebe, Eifersucht, Habgier, Hass oder Rache. Doch manchmal genügt ein kleiner Funke, um ein Inferno auszulösen.

Montag   12.30 Uhr

Die Erfahrung hatte ihn gelehrt, dass es besser war, sich im Verborgenen aufzuhalten. Doch momentan gestaltete es sich recht schwierig, da viele nach ihm zu suchen schienen. Allerdings hatte dieses plötzliche Interesse auch seine guten Seiten, denn an vielen Stellen stieß er auf gefüllte Näpfe, die offensichtlich für ihn bereitgestellt worden waren. Sehr sonderbar! Hatte es vielleicht damit zu tun, dass er vor kurzem lautstark darauf hingewiesen hatte, dass niemand die Futterschüssel gefüllt hatte, obwohl er pflichtbewusst seine Arbeit erledigt hatte? Wirklich eigenartig, denn bisher hatten die meisten eher abweisend reagiert, wenn er sich beschwert hatte. Auch als er darauf aufmerksam gemacht hatte, dass die beiden Menschen nicht in der Lage waren, ihn anständig zu entlohnen, hatten ihn alle ignoriert. Zwar hatte sein Ruf viele Menschen erreicht, doch niemand hatte Notiz von ihm genommen. Es war ihm nichts anderes übrig geblieben, als sich mit knurrendem Magen in den nahen Büschen zu verschanzen, um das emsige Treiben aus sicherer Entfernung zu beobachten. Ob diese gefüllten Näpfe eine Art Entschuldigung waren? Nun, er könnte ja mal testen, was hier serviert wurde.

Montag   13.00 Uhr

„Das hat wider Erwarten recht gut geschmeckt."
Eine Person, die sich vor nicht allzu langer Zeit das Leben nehmen wollte, hatte Ben sich anders vorgestellt. Er hatte es sowieso nicht glauben wollen und das Verhalten seines besten Kumpels bestätigte seine Meinung. Allerdings rückte ihn diese Tatsache wieder in den Kreis der Verdächtigen. Aber er konnte es nicht gewesen sein, oder? Die verdammten Selbstzweifel laugten ihn aus, als wenn unzählige Blutegel ihm langsam aber sicher den Lebenssaft entziehen würden.
„Du kannst dich bestimmt an alles erinnern?", fragte Ben hoffnungsvoll und betrachtete sein Gegenüber.
„Ne, leider nicht."
„Hm", murmelte er, „aber wer hat …?" Er stockte und stierte auf die Schnitte auf Matheos Handgelenk. Matheo zuckte mit den Schultern. Für einen Moment sagte keiner ein Wort. Es lag eine unerträgliche Spannung in der Luft, die Ben unruhig auf dem Stuhl hin- und her rutschen ließ. Ihr unbekümmertes Miteinander wurde abgelöst von

diesem abschätzenden Gefühl, das man einem Fremden entgegenbringt, dem man zufällig im Dunkeln begegnet.

„Ich weiß nicht, was passiert ist", sagte Matheo und unterbrach damit die Stille. „Nun, wir beide waren allein, oder?"

Ben wusste nicht, was er darauf erwidern sollte. Auf der einen Seite war er entrüstet, dass sein Freund ihn verdächtigte, doch schlimmer war die Tatsache, dass er nichts zu seiner Verteidigung vorbringen konnte. Immer und immer wieder war da diese menschliche Silhouette, die er meinte gesehen zu haben, doch er traute sich nicht, dies zu erwähnen. Wahrscheinlich hatte er sich das ohnehin nur eingebildet. Im Grunde genommen gab es nur zwei plausible Erklärungen: Matheo hatte sich diese Verletzung selbst zugefügt, oder er hatte im Alkohol- und Allergierausch die Tat ausgeführt. Warum hätte jemand anderes sie umbringen sollen? Nein, nein, das ergab doch keinen Sinn. Um sich von den absurden Gedanken abzulenken, kramte Ben sein Mobiltelefon aus der Hosentasche und schaltete das Gerät ein. Danach begann er seine Nachrichten zu überprüfen und stutzte plötzlich.

„Gibt es etwas Neues?", fragte Matheo, dem dieses Verhalten anscheinend nicht entgangen war.

„Hanna hat mit mir Schluss gemacht."

„Gratuliere", antwortete Matheo, „dann bist du dieses Problem endlich los. Gib mal her!" Ohne

Vorwarnung griff sich Matheo Bens Handy.

„Nein! Gib es mir wieder zurück!", kommandierte dieser.

„Hast wohl was zu verbergen", sagte Matheo amüsiert. Doch sein Lächeln erstarb wie eine Kerze im Wind, die nach einem kurzen Aufflackern erlischt.

„Leonie hat dir mehrmals geschrieben", sagte er mit einer Mischung aus Wut und Trauer und schaute Ben fragend an.

Montag   13.00 Uhr

„Sie müssen mir helfen."

„Mir auch, denn ich habe auch nichts damit zu tun.".

„Tja, ich sagte bereits, vom anderen See."

Das Szenario glich einer Komödie, wenn man den leblosen Körper von Gudrun Bärenklein außer Acht ließ. Jonas Blitzke, Florian Richter und Heinz-Otto Schulte-Vliess bombardierten ihn mit Informationen, die gleichzeitig auf ihn einprasselten. Nachdem sein Kollege Erik Danke ihn telefonisch gebeten hatte, sofort nach Kuhschisshagen zu fahren, da ein Jonas Blitzke in Schwierigkeiten geraten sei, hatte Max sich auf den Weg gemacht, obwohl eine innere Stimme ihm auf der gesamten Fahrt zugeraunt hatte, *„das war ein Fehler"*. Immer noch verfolgten ihn die Ereignisse bei Gacka-Paul und geisterten durch seinen

Schädel. Der Alte, der mit einer Axt in der Hand vor ihm gestanden hatte, um ihm angeblich sein bestes Werkzeug zu präsentieren und Frank Burgwein, den er beim Verlassen von Gacka-Pauls Domizil vor der Haustür fast umgerannt hatte. Unfassbar nach all den vergeblichen Versuchen, mit ihm in Kontakt zu treten, hatte er plötzlich vor ihm gestanden wie eine Erscheinung. Doch leider zu einem ungünstigen Zeitpunkt. Sein Gefühl hatte ihm dazu geraten, diese Gelegenheit zu nutzen. Überhaupt besaß das alte Gemäuer von Gacka-Paul eine geheimnisumwitterte Anziehungskraft, die seine „Holmes"-Eingebung auf der höchsten Stufe aktiviert hatte und der er sich kaum entziehen konnte. Doch kurz bevor er dem Drängen nachgeben wollte, tauchte das Gesicht von Jonas Blitzke vor ihm auf, der laut der Aussage seines Kollegen, ausdrücklich darum gebeten hatte, dass Max Knapp die Ermittlungen aufnehmen sollte. Max hatte den Lokalreporter vor einigen Jahren kennengelernt, als dieser Fotos auf dem Schützenfest in Langscheid machte. Er brauchte nicht lange, um zu erkennen, dass das Selbstwertgefühl bei Herrn Blitzke auf einer Skala von eins bis zehn im untersten Bereich lag. Niemand schien den rasenden Reporter ernst zu nehmen. Aus eigener Erfahrung wusste Max, dass es nicht einfach war als sogenannter Zugezogener in einem Dorf dazuzugehören. Daher hatte er sich menschlich verpflichtet gefühlt, Jonas in ein Gespräch zu verwickeln. Zu seiner Überraschung stellte sich dabei heraus, dass dieser Jonas kein „Leidensgenosse" sondern schlicht und ergreifend ein Mensch war, dem die Sonnenseiten des Lebens bisher immer den Rücken zugekehrt hatten. Daher wechselte Max jedes Mal, wenn sie sich trafen aus Höflichkeit ein paar Worte. Dieses Vorgehen hatte allerdings auch einen positiven Effekt, denn seitdem wurde Max Knapp in den Zeitungsartikeln stets in den höchsten Tönen gelobt. Ein Umstand, der von seinen Polizeikollegen und -Kolleginnen mit Spott überschüttet wurde. Max seufzte und beobachtete, wie die Tote vorsichtig in den Leichenwagen transportiert wurde. Immer noch beschuldigten sich Jonas Blitzke und der Adonis Florian Richter gegenseitig, am Ableben von Gudrun Bärenklein schuld zu sein. Der betagte Heinz-Otto Schulte-Vliess stand währenddessen in unmittelbarer Nähe, und murmelte Sätze wie: „Ich habe es doch immer gesagt. Vom anderen See", dabei stampfte er mit seinem Krückstock auf dem Boden. Er wirkte wie ein deplatzierter, verschrobener alter Zauberer aus einer Fantasiewelt.

„Sie haben sie umgebracht!", schmetterte Jonas Blitzke in diesem Moment.

„Quatsch, was reden Sie denn da? Warum sollte ich?", empörte sich Florian Richter.

„Ich habe Sie an jenem Abend gesehen!"

Interessiert verfolgte Max das Schauspiel, welches selbst Shakespeare nicht besser in Szene gesetzt haben könnte. Der Garten mit den merkwürdigen Skulpturen und dem üppigen Pflanzenwuchs bot die perfekte Kulisse. Mittlerweile hatte die Gerichtsmedizinerin Cornelia Kleine Max ihre ersten Vermutungen geschildert. Auf dem ersten Blick war abgesehen von den Platzwunden und Schrammen, die wohl vom Sturz herrührten, keine Gewalteinwirkung zu erkennen, die zum Tode geführt haben könnte.

„Reden Sie sich nicht heraus! Ich bin mir sicher, dass Sie die Frau umgebracht haben!", behauptete in diesem Moment Jonas Blitzke, als wäre er der zuständige Ermittler.

„Was faseln Sie da? Hat schon mal jemand ihren Geisteszustand überprüft? Sie sind betrunken und nicht bei Sinnen!"

Da sich die Gemüter immer mehr zu erhitzen drohten, entschied Max die „Diskussionsrunde" zu beenden.

„So, jetzt reicht es!", befahl er und stellte sich zwischen die beiden Streithähne. Erstaunlicherweise verstummten die beiden sofort, als habe ihnen jemand die Sauerstoffzufuhr abgestellt. Nur der alte Herr zeigte sich unbeeindruckt und stampfte immer noch mit seinem Stock auf dem Boden. Doch da war noch etwas. Max lauschte angestrengt, um die krächzenden Worte zu verstehen, die anscheinend aus Gudrun Bärenkleins

Haus drangen. Er war sich nicht sicher, doch es hörte sich fast an wie: „Du bist doof."

Donnerstag   11.30 Uhr

„Es gibt nichts, was eine große Portion Stracciatella-Eis nicht richten kann", war stets die Weisheit, die ihre Mutter zum Besten gab, wenn es darum ging Probleme zu bewältigen. Leider verfehlte das Allerheilmittel heute seine Wirkung. Seufzend hatte es sich Leonie auf einem Baumstamm bequem gemacht und beobachtete das Personenschiff, welches im Stundentakt, seine Runden auf der Talsperre drehte. Nachdem die MS Sorpesee lautstark ihr Anlegemanöver abgeschlossen hatte, drängte ein bunt gewürfelter Haufen von Menschen an das Ufer. Kindergeschrei, Hundegebell und Stimmengemurmel bildeten eine einzigartige Komposition. Dieser Platz war ihre Oase. Ein Stracciatella-Eis vom fahrenden Händler, der in unmittelbarer Nähe stand, um dann verborgen im Wald dem hektischen Treiben zuzuschauen. Es gab keinen besseren Rückzugsort, an dem man über die Tücken des Lebens philosophieren konnte. Sie wünschte, sie hätte ihre Mutter mitgenommen. Es schien sowieso alles so viel einfacher, wenn man ein Kind war. Leonie seufzte erneut und starrte auf die Oberfläche des Sees, die funkelte als tanzten Millionen von Sternen einen besonderen Reigen. Als ihr Mobiltelefon mit einem Pling ankündigte, dass eine Nachricht eingegangen war beförderte sie mit ihrer freien Hand in Windeseile das Gerät aus der Tasche, als würde ihr Leben davon abhängen.

„Wieder nichts", jammerte sie und leckte gedankenverloren an ihrem Eis. Warum antwortete Ben nicht auf ihre Nachrichten? Sie war sich sicher, dass er und Matheo schon vor einiger Zeit das Krankenhaus verlassen hatten. Schließlich war mittlerweile bereits Donnerstag. Tja, nun war er endlich Single und doch unerreichbar wie ein berühmter Star in Hollywood. Hatte sie sich getäuscht? Hegte Ben keine Gefühle für sie? Oder hatte es mit diesem Matheo zu tun, dass die ersehnte Rückantwort noch nicht eingetroffen war? Mittlerweile hatte das Personenschiff seine Fahrt wieder aufgenommen. Unermüdlich zog es seine Bahnen. Kleine Wellen kräuselten sich auf der Oberfläche des Sees und rollten sanft zum Ufer. Das leise Rauschen war ein wohlklingender Gesang, der Leonie die Welt um sie herum vergessen ließ.

„Hier bist du. Ich habe dich schon die ganze Zeit gesucht."

Bens leuchtend blaue Augen erinnerten Leonie an eine Lagune in der Südsee.

„Entschuldige, dass ich mich nicht schneller gemeldet habe, aber ich brauchte Zeit zum Nachdenken. Doch jetzt ist mir klar geworden, dass ich ohne dich nicht mehr sein möchte." Dann beugte er sich hinab und küsste sie. Der Kuss war weich und frostig. Moment einmal! Das passte doch nicht. Der Liebesaustausch war nicht nur eiskalt, sondern schmeckte irgendwie auch nach Stracciatella.

Donnerstag   11.45 Uhr

Die Ereignisse im Dorf hatten sich überschlagen, wobei sie mehr Staub aufgewirbelt hatten als nötig. Wolfram Wilhelm Berg war nur froh, dass sich alles oder zumindest fast alles aufgeklärt hatte. Sogar die private Ermittlung gegen diesen Jungen konnte er einstellen, da seine Hanna anscheinend das Interesse an diesem jungen Mann verloren zu haben schien. Als besorgter Vater hatte er diese Nachricht mit Freude zur Kenntnis genommen, als neutraler Beobachter fand er den Zeitpunkt für eine Trennung mehr als unpassend. War es nicht das oberste Gebot einer Freundschaft für den anderen da zu sein? Besonders in den schlechten Zeiten. Wie so oft machte sich in diesen Momenten das Gefühl des Versagens in ihm breit, das wie ein bösartiges Geschwür in ihm wucherte. Beruflich regierte er mit strenger Hand, doch im privaten Bereich war er mit der Erziehung seiner Tochter überfordert.

„Wo willst du hin? Es ist gleich Mittag", sagte er, bevor Hanna, die das Zimmer gerade betreten hatte, ein Wort sagen konnte.

„Weg! Mit Thilo was unternehmen", erwiderte diese.

Wie immer fand er ihr Outfit viel zu freizügig. Die Hotpants und das hautenge Top wirkten eher wie eine zweite Haut als wie ein Kleidungsstück. Doch heute stand ihm nicht der Sinn danach mit ihr darüber zu streiten. Nicht an diesem Jahrestag, an dem seine Emma für immer von ihnen gegangen war. Wie all die zehn Jahre zuvor, verschanzte er sich Zuhause.

„Du willst weg? Heute?", fragte er voller Wehmut, ohne auf Thilo einzugehen.

„Warum nicht?", antwortete Hanna trotzig. „Dieses bescheuerte Gedenken macht Mama auch nicht wieder lebendig. Ich kann mich ohnehin kaum mehr an sie erinnern."

Mit diesen Worten stolzierte sie auf ihren hochhackigen Schuhen davon. Als die Haustür lautstark ins Schloss fiel, kauerte Wolfram Wilhelm Berg noch immer wie versteinert auf seinem Platz. Wie lange er letztendlich in dieser Schockstarre verbracht hatte, konnte er im Nachhinein nicht sagen. Zumindest lange genug, um seine frisch eingeschüttete Tasse Kaffee kalt werden zu lassen. Denn anstatt sich wie üblich explosionsartig aufzulösen, dümpelten die Mengen an Süßstoff auf dem Boden der Tasse herum.

„Hm", brummte er und schlurfte zur Spüle. Nachdenklich beobachtete er, wie die braune Flüssigkeit in dem Ausguss verschwand.

Ach, könnte man seine Sorgen doch auch einfach wegschütten, dachte er und stierte aus dem Küchenfenster. Seine Emma und er hatten es immer als großen Glücksfall betrachtet, dass ihr Einfamilienhaus in unmittelbarer Nähe zum Arnsberger Wald stand. Buchen, Eichen und unzählige Fichten standen hinter ihrem Grundstück wie eine Armee. Es war ein beruhigendes und bedrohliches Gefühl zugleich, denn bei orkanartigen Böen rauschte und knackte es im Gehölz, dass einem angst und bange werden konnte. Dieser Augenblick, wenn man befürchtete, dass das was einen beschützte sich gegen einen wendete. Heute war alles friedlich. Doch gerade diese Stille, die er sonst immer als angenehm empfunden hatte, schien ihn zu erdrücken. Diese Ruhe war wie ein liebgewonnener Schal, der sich langsam aber sicher enger um den Hals legte, bis er die Sauerstoffzufuhr komplett abschnürt. Vielleicht war es wirklich an der Zeit, die Vergangenheit hinter sich zu lassen und nach vorne zu blicken. Warum verbrachte er diesen furchtbaren Tag überhaupt allein? Hingegen seiner Gewohnheit, alles durchzuplanen, eilte er zum Telefon. Der Moment war gekommen. Er hatte lange genug gewartet.

Donnerstag   12.30 Uhr

„Nein, auf keinen Fall. Tut mir sehr leid, aber ich habe keine Zeit." In der Hoffnung, dass sein Gesprächspartner nun endgültig Ruhe geben würde, beendete Max das Telefonat. Heute war einer dieser Tage, an dem er im Bett hätte bleiben sollen, dachte Max und fixierte die verhasste Alpenlandschaft.

„Ihr kommt schon zurecht. Ist schließlich nur für eine Nacht", hatte seine Jule gewitzelt, bevor sie ihn mit einem innigen Kuss verabschiedet hatte und zum Fortbildungskurs nach Köln aufgebrochen war. Doch die Mission „Zurechtkommen" war nicht ganz so einfach gewesen, wie er sich das vorgestellt hatte. Elias vermisste seine Mama, hatte die ganze Nacht über Bauchweh geklagt und bewies einen erstaunlichen Erfindungsgeist, um am Morgen nicht in den Kindergarten gehen zu müssen. Nachdem er ihn mit Mühe und Not überreden konnte, und die alltäglichen Routinearbeiten erledigt hatte, war es allerhöchste Zeit gewesen ins Büro zu fahren. Dort angekommen schien sich die Arbeit auf seinem Schreibtisch auf magische Art und Weise vervielfältigt zu haben. Nun wühlte er sich bereits seit Stunden durch den liegengebliebenen Aktenberg, anstatt Nachforschungen in den sonderbaren Vorfällen anzustellen.

„Da ist nichts zu ermitteln", wurde sein Kollege

Erik Danke nicht müde, ihm immer wieder zu versichern und erstickte alle Ansätze eines Einwands im Keim. „Es hat nie einen Fall gegeben." Um diese These zu unterstreichen, klappte er demonstrativ vor Max Augen den Schnellhefter *„Gudrun Bärenklein"* zu und kehrte danach an seinen Platz zurück. Danach versank er wieder in eine Lethargie, als müsse sich sein „Akku" nach dem impulsiven Handeln erst wieder aufladen. Max teilte Erik Dankes Meinung nicht. Leider hatte er aber keinen handfesten Beweis, um den Kollegen vom Gegenteil zu überzeugen. Es schien einfacher seinem Kater Merlin zu erklären, dass Mäuse nicht schmecken, als den wortkargen Erik Danke mit seinen Bedenken zu infizieren. Selbst die Vorfälle in Kuhschisshagen hatten in einer Sackgasse geendet. Die Obduktion von Gudrun Bärenklein hatte bestätigt, dass sie eines natürlichen Todes gestorben war. Weder Florian Richter noch Jonas Blitze konnten in dieser tragischen Angelegenheit zur Rechenschaft gezogen werden. Es war eine Verkettung unglücklicher Zufälle. Doch da war dieses Gefühl, diese Eingebung, die Max drängte den Fall nicht zu den Akten zu legen. Unbemerkt von seinem Kollegen, schlug er die Mappe wieder auf und studierte noch einmal die Aussage des Hauptverdächtigen Florian Richter, als er die besagte Nacht angesprochen hatte, die der Auslöser allen Übels zu sein schien.

„Ja, ich weiß auch nicht was ich eigentlich errei-
chen wollte. Ich hatte das Bedürfnis mit Matheo
über unsere Freundschaft (bei diesem Wort hatte
Heinz-Otto Schulte-Vliess wieder dreimal mit
seinem Gehstock auf den Boden gestampft) zu
reden. Aber als ich die beiden von weitem da sit-
zen sah, da ...“
„Haben Sie beschlossen, ihn ins Jenseits zu be-
fördern.“
„Nein, nein wie kommen Sie auf so eine abwegige
Idee?“
Handelte es sich um ein Eifersuchtsdrama oder
um einen Reporter, der, auf der Jagd nach einer
lukrativen Story, die Grenzen überschritten hatte?
Da es sich bei dem Journalisten um Jonas Blitzke
handelte, schied die zweite Möglichkeit bereits
im Vorfeld aus. Obwohl? Wer konnte sagen, was
sich in diesem Außenseiter an Aggressionen an-
gestaut hatte? Max sah auf und erblickte wieder
die Berge, die heute präsenter und reeller schienen. Er fühlte den eisigen Wind, diese Furcht
erregende Bestie, die lautstark heulte. Kurz fla-
ckerte das Bild einer lachenden Marie vor seinem
geistigen Auge, auf bis es verschwand wie eine
Fata Morgana. Max schüttelte den Kopf, um die
Geister der Vergangenheit zu vertreiben.
„Kaffee?“
Langsam kehrte er in die Gegenwart zurück und
sah sich Erik Danke gegenüber, der ihm einen
Becher entgegenstreckte.

„Nun ist aber Schluss! Hatte ich nicht eben noch gesagt, dass es reine Zeitverschwendung ist, sich mit dieser Angelegenheit weiter zu befassen? Die Sache ist abgehakt. Alles hat seine Ordnung", erklärte Erik Danke und stellte den Becher auf den Schreibtisch, bevor er zu seinem Arbeitsplatz zurückkehrte.

„Danke", stammelte Max vollkommen überwältigt von dem Redeschwall und der ungewöhnlichen Geste. Jagte er wirklich nur irgendwelchen Hirngespinsten hinterher? Mittlerweile hatte ihn auch Double-You von den privaten Ermittlungen abgezogen, da sie angeblich nicht mehr erforderlich seien. Verrannte er sich wirklich? Sollte er den Rat von Erik Danke annehmen? Oder wollte ihn sein Kollege bewusst von weiteren Ermittlungen abhalten?

„Hm", murmelte Max und stierte in die Tasse, als könnte der dampfende Kaffee eine Antwort auf alle Fragen liefern. Da war dieses Bauchgefühl, diese Ahnung. Irgendetwas sagte ihm, dass sein Ex-Kollege Frank Burgwein eine wichtige Schlüsselperson war. Warum suchte er Gacka-Paul auf? Apropos Gacka-Paul - was verheimlichte dieses Sauerländer Unikat? Wo befand sich Melanie Burgwein? Was war am besagten Abend mit den beiden Jugendlichen, die sich an nichts mehr erinnern konnten, wirklich passiert? Welche Rollen spielten dabei Jonas Blitzke und der Schönling Florian Richter? Gab es Zusammenhänge, die er noch nicht erkennen konnte? Was meinte sein Kollege mit der Äußerung, dass alles seine Ordnung hat? Das Ganze erinnerte Max an ein Puzzle mit einem Überraschungsmotiv. Doch leider war er noch nicht einmal in der Lage, die Randteile zu finden.

Donnerstag 14.00 Uhr

„So kann es nicht weitergehen. Verdammt! Das fühlt sich nicht gut an", trällerte der Sänger am Radio und sprach dabei Ben aus der Seele. *„Dieses Auf und Ab. Das habe ich so satt. Verdammt! Was tust du mir an!"*
„Tja, Kumpel wir scheinen was gemeinsam zu haben", kommentierte Ben den Text des aktuellen Sommerhits, bevor er den Zündschlüssel des Wagens abzog und damit den Interpreten zum Verstummen brachte. Er seufzte und betrachtete die Umgebung. Obwohl er schon oft hier gewesen war, erschien heute alles fremd und vertraut zugleich. Wie jedes Mal, wenn er mit dem Auto kam, stellte er das Fahrzeug am Seitenstreifen ab. Vom Fahrzeug aus betrachtete er das Grundstück, welches von Hecken und Büschen umsäumt war, mit einer Mischung aus Skepsis und Unbehagen. Es erinnerte an einen verwunschenen Ort, den es auf jeden Fall zu meiden galt. Über das Domizil von Gacka-Paul kursierten die wildesten Gerüchte. Ben hatte keine Ahnung, was von diesen Ge-

schichten der Wahrheit entsprach, doch er würde es bald herausfinden. Die Idee, diesen Eigenbrötler aufzusuchen, war seiner Meinung nach die einzige Möglichkeit Licht in das Dunkel zu bringen.

„Der Spinner beobachtet uns. Aber meine Mutter sagt immer, das ist ok. Keine Ahnung warum?", hatte Matheo oft genug erwähnt, wenn sie das Fernglas in der Hecke aufblitzen sahen. Wer weiß, vielleicht war dieses merkwürdige Verhalten nun ein Segen, denn das „schwarze Loch", das seinen Geist auch nach der Entlassung aus dem Krankenhaus vernebelte, machte Ben Angst. Allein der Gedanke, dass er die komplette Erinnerung an den Abend nie zurückerlangen würde, war ein Schreckgespenst, das ihn in seinen Träumen heimsuchte. Er musste einfach Klarheit darüber erlangen, ob er Matheo diese Verletzungen zugefügt hatte. Er hoffte, dass Gacka-Paul ihn von der Schuld reinwaschen würde. Erst dann könnte er seinem Freund gegenübertreten, um ihm von seinem Plan zu erzählen, Studium und Ausbildung vorerst ruhen zu lassen. Er würde ein Auslandsjahr einlegen. Seine Eltern hatten bereits zugestimmt, doch bevor er sich auf die Reise begeben konnte, benötigte er noch Matheos Absolution. Bisher hatten sie alle wichtigen Entscheidungen zusammen getroffen. Undenkbar, sich freudig dieser neuen Herausforderung zu widmen, ohne vorher mit seinem besten Kumpel ge-

sprochen zu haben. Außerdem mussten sie unbedingt noch einmal die Angelegenheit mit Leonie klären. Seit Tagen hatte er ihre Nachrichten ignoriert. Wie sollte er sorglos mit ihr plaudern, wenn er nicht wusste, was vorgefallen war? Doch was, wenn dieser Gacka-Paul ihn als Täter entlarvte? Allein der Gedanke an diese Möglichkeit ließ ihn schaudern. Was wäre wenn …? Blödsinn, im Konjunktiv zu denken! Nur Fakten würden ihm weiterhelfen.

„Worauf wartest du noch, Ben?", fragte er sich selbst und näherte sich danach schnellen Schrittes dem alten Haus, das ihn aus den ungeschmückten Fenstern anstarrte. Der Junitag zeigte sich von seiner besten Seite. Ein strahlend blauer Himmel, angenehme Temperaturen und ein leichter Wind, der das angelehnte Gartentor zum Quietschen brachte, begleitet von lautem Hühnergegacker, welches aus dem Hinterhof erklang. Ben war sehr froh, dass er sich entschlossen hatte, dieses Gemäuer bei Tageslicht aufzusuchen. Die ganze Szenerie erinnerte ihn an eine Serie, die er vor kurzem mit Matheo gesehen hatte. Die Hauptakteure der Story stolperten von einem kuriosen Missgeschick ins nächste. Sehr unpassend, dass er genau in diesem Moment an diese Mysteryserie denken musste.

„Pah, was sollte schon passieren?", murmelte er laut, um seine Nerven zu beruhigen. Zögerlich öffnete er die Pforte und eilte dann, ohne sich umzublicken, durch den ungepflegten Vorgarten Richtung Haus. Er stutzte, als er bemerkte, dass die Eingangstür nur angelehnt war. Mit klopfendem Herzen und leicht zittrigen Händen öffnete er die Holztür.

„Hallo! Ist jemand Zuhause?"

Ben vergaß fast das Atmen, als er vergeblich auf eine Antwort wartete.

„Hallo, mein Name ist Ben. Ich bin ein guter Bekannter Ihrer Nachbarn. Darf ich Sie etwas fragen?" Doch auch dieses Mal verhallten seine Fragen ungehört. Nahezu im Zeitlupentempo betrat er das Innere des Hauses. Ihn fröstelte, als hätte er mit dem Schritt über die Schwelle eine Kältezone betreten. Beinahe panisch ging er weiter, um die Tür zum nächsten Raum zu öffnen.

„Hallo, Herr …?" Mist verdammter! Was machte er eigentlich in diesem Haus? Warum sollte ihm dieser vollkommen Fremde helfen wollen? Er kannte noch nicht einmal seinen Nachnamen. In all den Jahren hatten Matheo und er sich nur über diesen Sonderling lustig gemacht. Wer war Gacka-Paul wirklich? Allerdings war Ben sich im Moment nicht mehr so sicher, ob er es überhaupt wissen wollte. Unschlüssig verharrte er an Ort und Stelle. Dieses Gefühl nicht allein im Haus zu sein, verstärkte sich. Alles um ihn herum schien Augen und Ohren zu haben, als bewegte er sich in einem lebenden Organismus.

„Einbildung! Reine Einbildung. Hier ist absolut

nichts Sonderbares", sagte er laut, um sich Mut zuzusprechen, während sein Herzschlag in seinen Ohren dröhnte.

Erst jetzt bemerkte er die Tür, die auf der gegenüberliegenden Seite der geräumigen Küche weit aufstand. Sie gab den Blick auf einen dschungelähnlichen Garten frei, der wie der Eingang zu einem Höllenschlund wirkte.

„Sind Sie draußen?", stotterte Ben. Doch wie die Male zuvor, blieb auch dieser Versuch eine Konversation zu führen, ohne Erfolg. Für einen klitzekleinen Moment überlegte Ben, ob es nicht ratsam wäre, diesen schaurigen Ort zu verlassen. Doch eine Mischung aus Neugier und einer undefinierbaren Anziehungskraft war stärker als die Stimme der Vernunft. Langsam, als führte sein Weg durch ein Minenfeld, verließ er das Haus und gelangte in den Garten. Die üppige Vegetation zu beiden Seiten des Pfades bildete ein undurchdringbares Spalier. Mit jedem Schritt, den er dem Licht am Ende des Tunnels entgegenging, steigerte sich der Lärmpegel der Hühnerschar. Bei all den zurückliegenden Besuchen bei seinem Kumpel Matheo konnte er sich nicht daran erinnern, dass die Vögel jemals so ein Spektakel veranstaltet hatten.

„Hallo!", rief er erneut, mehr um seine Anspannung zu lindern, als ein Gespräch zu beginnen. Plötzlich lichtete sich das Buschwerk und er gelangte auf eine Wiese. Vom Nachbargrundstück war nichts zu erkennen, da die dichten Hecken an der Grundstücksbegrenzung die Sicht verdeckten. Zu seiner Linken erblickte er einen Erdhügel, der ihm einen Schauder über den Rücken jagte.

„Verdammt, Ben! Reiß dich zusammen!", murmelte er, „ist wahrscheinlich nur ein Gemüsebeet."

Gackernde Hühner stolzierten über die Wiese, pickten hier und dort herum und schienen auf eine seltsame Art erregt zu sein.

„Was ist passiert?", fragte Ben ein besonders großes Exemplar, welches ihn mit seinen kleinen schwarzen Augen abschätzend musterte. Genau in diesem Moment fiel sein Blick auf die auf dem Boden liegende, menschliche Gestalt, die sich einige Vögel als Sitzplatz auserkoren hatten.

„Ach du meine Güte!", rief Ben. Seine Gedanken überschlugen sich. Machte der alte Kerl ein Schläfchen, oder hatte er womöglich einen Herzinfarkt erlitten? Ohne eine Sekunde zu verschwenden, vertrieb er die Hühner von ihrem Ruheplatz. Er verharrte wie vom Blitz getroffen, als sie die Sicht freigaben. Man musste kein Experte der Gerichtsmedizin sein, um zu erkennen, dass hier jede Hilfe zu spät kam. Er fröstelte, als er wie gebannt auf die Harpune in Gacka-Pauls Brust starrte.

„Der ist hin", sagte eine Stimme hinter ihm.

Bens Blut gefror in den Adern. Langsam drehte er sich um.

Donnerstag   14.30 Uhr

„**D**as darf doch nicht wahr sein!", grölte Jonas und schloss geräuschvoll die Kühlschranktür. Gerade jetzt hätte er ein weiteres Fläschchen gebrauchen können, um den Frust runterzuspülen. Anstatt sich mit Ruhm und Ehre zu bekleckern, war er mal wieder die Witzfigur – der ewige Verlierer. Die Euphorie der vergangenen Tage, der Kampfgeist, der Tatendrang – alles aufgebraucht, zerplatzt wie eine Seifenblase, die ihre schillernden Farben nur kurz präsentieren durfte. Seine unglaubliche Sensationsstory, die er über den vermeintlichen Täter Florian Richter enthüllten wollte, hatte sich als falsche Spur erwiesen. Wäre aber auch zu schön gewesen, wenn sich seine Theorie über diesen smarten Florian Richter bewahrheitet hätte. Mist! Selbst den Artikel über das Ableben von Gudrun Bärenklein hatte man ihm weggenommen, obwohl er, Jonas Blitzke die Leiche gefunden hatte. Wegen all der Niederlagen war die Eroberung von Hanna in unerreichbare Ferne gerückt. Doch bei all dem Desaster gab es einen Lichtblick – er war nicht mehr allein. Die Tatsache, dass er in die Kategorie „unscheinbar" zu gehören schien, machte ihn selbst als Verbrecher untauglich. Dieser Teufelskerl von Kommissar hatte seinem Nachnamen alle Ehre gemacht und die verfahrene Situation nach dem Auffinden der Leiche kurz und knapp geklärt. Na ja, die Sache hatte nur einen Haken und dieser saß auf einer Stange und beobachtete ihn aufmerksam.

„Sie kümmern sich um diesen Vogel, Herr Blitzke. Keine Widerrede!", äffte Jonas den Kommissar nach und betrachtete dabei den farbenprächtigen Papagei. Doch er musste zugeben, dass er nach dem anfänglichen Schock recht froh über den Familienzuwachs war.

„Was meinst du? Soll ich mich lieber auf Tierreportagen spezialisieren?", fragte Jonas Blitzke das Federtier, ohne eine Antwort zu erwarten. Der Ara musterte ihn mit den dunklen Knopfaugen, legte dann den Kopf etwas schief und plapperte: „Du bist lieb."

Donnerstag   14.45 Uhr

Er hatte diese Auszeit gebraucht. Es war eine Ablenkung, ein kurzes Auftauchen aus dem Morast, der ihn zu verschlucken drohte. Er ließ sich einfach von der Menschenmenge treiben, die ihre Freizeit am Sorpedamm verbrachten. Mit dem ein- oder anderen wechselte er ein paar belanglose Worte, während er andere nur mit einem Kopfnicken bedachte. Die Szenerie ließ ihn zurückkehren in die Vergangenheit, als er mit seiner Ehefrau Melanie Teil dieser heilen Welt gewesen war. Was hatte er getan? Und noch schlimmer, was würde er noch tun? Sein Blick schweifte über den Sorpesee, auf der einige Segler ihre Runden drehten. Etwas entfernt erkannte er das Fahrgastschiff, das während der Saison unzählige Passagiere beförderte. Nur widerwillig wandte er sich von dieser Idylle ab. Eine Hand immer noch am Geländer, welches dazu diente, Neugierige vor einem Absturz in die Tiefe zu bewahren. Er umklammerte den Balken für einen Moment, als würde sein Leben davon abhängen. Nein, es gab kein Zurück. Er hatte schon viel zu lange gewartet. Der Wunsch zu verweilen und an Ort und Stelle einen großen Schluck aus seinem Flachmann zu nehmen, wurde unbändig. Nein, er konnte dem Drängen nicht nachgeben. Was würden die Leute von ihm denken? Doch der innere Widerstand dauerte nur den Bruchteil einer Sekunde. Mit flinken Fingern beförderte er das Lebenselixier aus der Jackentasche, schraubte das Fläschchen auf und nippte daran. Er durfte es mit dem Whisky trinken nicht übertreiben, schließlich hatte er noch etwas Wichtiges zu erledigen. Abgesehen davon, stand am Abend noch das Treffen mit Double-You an. Schon verrückt wie die Zeit verfliegt. Genau heute vor zehn Jahren hatte das Schicksal eine furchtbare Wendung genommen. Sozusagen der Anfang vom Ende. Tja, es würde eine interessante Unterhaltung werden.

„Na dann", murmelte er mit fester Stimme und eilte zielstrebig zum Auto, ohne weiterhin auf das Geschehen um ihn herum zu reagieren. Er war in diesem Moment kein Mitglied dieser Gesellschaft mehr. Seine Person würde jetzt an anderer Stelle gebraucht. Auf dem Parkplatz angekommen, stieg er wie in Trance in sein Fahrzeug und startete den Motor. Während der anschließenden Fahrt erfreute er sich an jedem Detail dieser wundervollen Landschaft, als sähe er sie zum letzten Mal. Zu seiner linken schlängelte sich der Sorpesee, ein treuer Begleiter, bis ihn sein Weg in eine andere Richtung führte. Hinweg von dem glitzernden Wasser, hinfort von der Heiterkeit, weg von dem Trubel der Massen – ein für alle Mal! Nachdem er den Geländewagen vor seiner Garage abgestellt hatte, fiel sein Blick auf die Uhr. Na, wer sagte es denn? Ein perfektes Timing. Ihm blieben noch ein paar Stunden um durchzuatmen, bevor er den Schlussakt einläuten würde. Adrenalin schoss durch seinen Körper wie eine Art von teuflischer Vorfreude, die dem Moment des Finales entgegenfieberte. Beseelt von diesem Gedanken öffnete er die Eingangstür.

„Du?", sagte er mit eisiger Stimme.

Donnerstag   15.00 Uhr

Es war ein Fehler gewesen. Er hätte die Tat verhindern können. Keine Ahnung, wie? Aber es wäre seine Pflicht gewesen, sein Job. Die weit aufgerissenen Augen des Toten blickten anklagend. War er der Letzte, der das Opfer lebend gesehen hatte? Falls ja, was war nach seinem Aufbruch passiert? Wieder einmal kam ihm Frank Burgwein in den Sinn, er drängte sich in sein Gedächtnis wie diese lästige Werbung im Internet, die hartnäckig das Unterbewusstsein bearbeitet. Max hatte das Gefühl, dass alle Geschehnisse miteinander verknüpft waren, ohne zurzeit einen gemeinsamen Nenner zu erkennen. War Gacka-Paul ein Puzzle-Randteil, oder nur eins von der Sorte, die alle gleich aussahen und in der Menge untergingen?

„Todesursache ist klar, woll?", verkündete Cornelia Kleine. „Alles weitere später."

Max nickte, zu mehr Bewegung schien er derzeit nicht fähig zu sein. Diese ganze Umgebung hielt ihn in seinem Bann, als sei er in einem Schraubstock fixiert. Er konnte die Geheimnisse dieses Ortes spüren, als würden sie auf eine hörbare Art und Weise mit ihm kommunizieren. Seine „Holmes-Eingebung" war wieder aktiviert. Langsam wandte er seinen Blick dem Erdhügel zu. Würde er dort das Rätsel um Melanie Burgwein lüften?

„Ich bin hier", säuselte eine Stimme. Da er einen Beruf gewählt hatte, der sich nur mit Fakten auseinandersetzt, gehörten paranormale Existenzen für ihn eigentlich in das Gebiet der Filmindustrie.

„Ich bin hier", wiederholte das „Phantom" begleitet von einer leichten Berührung an seiner Schulter. Dies war der Moment, der seine Skepsis ins Wanken brachte. Im Zeitlupentempo drehte er sich herum, alle seine Sinne in Alarmbereitschaft. Sprachlos betrachtete er sein Gegenüber. Eine in weiß gekleidete alte Dame, deren bleiches Haar um Nuancen heller schimmerte als ihr langes Leinenkleid. Die einzigen Farbtupfer waren ihre blauen Augen und die rot geschminkten Lippen. „Warum stieren Sie mich an, als hätten Sie einen Geist gesehen?", hauchte das „Gespenst" mit heiserer Stimme.

„Entschuldigen Sie, aber ...", stammelte Max, immer noch vollkommen fasziniert von dieser Erscheinung.

„Ach, Sie brauchen sich nicht zu entschuldigen, junger Mann", fiel ihm die alte Lady ins Wort. „Bin ja selber schuld, wenn ich in so einem Kleid hier aufkreuze. Komme gerade aus Neuenrade, wo ich trotz meiner leichten Erkältung mit einer Freundin am Díner en blanc teilgenommen habe. Sie wissen doch, diese Veranstaltung, wo sich weißgekleidete Menschen zu einem Picknick treffen. Als ich Zuhause ankam, erzählte mir mein Enkel Matheo, dass er und sein Freund Ben Paul Huckschlag tot aufgefunden haben. Daher bin ich natürlich sofort hierher geeilt! Ach, du meine Güte! Habe ich mich überhaupt vorgestellt? Mein Name ist Elsbeth Petit. Sie müssen wissen, der Paul war damals meine erste große Liebe. Nun geht er einfach so, ohne mir die Gelegenheit zu geben, noch einmal vernünftig mit ihm zu sprechen. Nicht dass ich es nicht versucht hätte, aber dieser alte Sturkopf wollte nicht zuhören. Jetzt ist es zu spät."

Alle diese Informationen prasselten auf Max ein wie ein plötzlicher Hagelschauer aus heiterem Himmel. In Gedanken versuchte er sich vorzustellen, wie der wortkarge Hühnerfreund und diese resolute und gesprächige Dame zusammengepasst hätten. Eigentlich war diese Beziehung undenkbar. Aber vielleicht hatte er nicht den wirklichen Gacka-Paul kennenlernen dürfen? Er konnte den Schmerz des Verlustes nachvollziehen, den Paul Huckschlag gefühlt haben musste, als seine Elsbeth sich für jemand anderen entschieden hatte. Doch im Gegensatz zu ihm, der nach dem Tod seiner geliebten Marie den Weg zurück ins Licht gefunden hatte, hatte Gacka-Paul sich im Schatten verschanzt.

„Nun, wie Sie bestimmt gehört haben, Frau Petit, ist Herr Huckschlag nicht freiwillig aus dem Leben geschieden. Die Spurensicherung ist noch bei der Arbeit. Allerdings hat sie einen abgegriffenen Brief sichergestellt, der Herrn Huckschlag anscheinend viel bedeutet hat. Vielleicht kennen Sie die Person. Er ist adressiert an eine Frau Elsbeth Martin."

„Das bin ich! Das ist mein Mädchenname", verkündete Elsbeth. „Kann ich das Schreiben sehen?"

Donnerstag   17.00 Uhr

Die einzige Erkenntnis, die ihm der Besuch bei Gacka-Paul beschert hatte, war die Tatsache, dass sie genau wie in der Fernsehserie von einen Schlamassel ins nächste gerieten. Verflixt noch einmal! Was war momentan nur los? Tja, Gacka-Paul war tatsächlich hin, wie Matheo es so trefflich auf den Punkt gebracht hatte. Was war er erleichtert gewesen, als sich die „Stimme" hinter ihm, als die von seinem Kumpel entpuppte.

„Was machst du denn hier?", hatte er erstaunt gefragt.

„Ich habe dein Auto draußen stehen sehen und mich gewundert, was du bei dem alten Kerl machst."

„Aha", hatte er nur geantwortet. Danach hatten sie schweigend den Leichnam betrachtet. „Sollen wir verschwinden?"

Zu guter Letzt hatte die Vernunft über ihren Fluchtinstinkt triumphiert. Die herbeigerufene Polizei hatte nicht lange auf sich warten lassen. Mit von der Partie war ein Kommissar Max Knapp, der sehr interessiert an ihren Ausführungen gewesen war und unter einem unersättlichen Wissensdurst litt. Mit den Worten: „Halten Sie sich bitte weiterhin zu unserer Verfügung", hatte er sie schließlich nach einer gefühlten Ewigkeit nach Hause entlassen. Nur weil er auf die hirnrissige Idee gekommen war, dieser Gacka-Paul könnte seine Erinnerungslücken füllen, waren er und Matheo jetzt in Mordermittlungen verwickelt. Verdammter Mist! Den geplanten Auslandstrip konnte er vorerst vergessen. Das einzig positive an der ganzen Entwicklung war, dass das gemeinsame Erlebnis Matheo und ihn wieder ein Stück zusammengeschweißt hatte. Obwohl er auf den Leichenfund gut hätte verzichten können. Mittlerweile waren bereits Stunden vergangen, doch der Anblick von Gacka-Pauls toten Körper war immer noch präsent. Diese leblosen Augen, die ihn mit einer Intensität angeblickt hatten, als wollten sie sich für immer in sein Gedächtnis einbrennen, jagten ihm schon beim bloßen Gedanken daran wieder einen Schauder über den Rücken.

Er begann sein Lauftempo zu steigern. Die sechszehn Kilometer Strecke rund um den Sorpesee war stets eine gute Therapie gewesen, um neue Energie zu tanken. Mehr oder minder ein Reset, um den Kopf freizubekommen. Doch Ben befürchtete, dass die sportliche Aktivität dieses Mal nicht ausreichen würde, um das Grauen zu verarbeiten. Er schaute weder nach links noch nach rechts, schenkte den Menschen, die sich auf der Staumauer aufhielten, keinerlei Beachtung. Beschallt von der Musik, die aus seinen Kopfhörern dröhnte, lief er konstant eine Geschwindigkeit. Alles um ihn herum schien unwirklich, beinahe fiktiv, als säße er Zuhause in seinem Drehstuhl und erfreute sich an einem Computerspiel. Er war ein Teil dieses interaktiven Treibens. Unfähig zu stoppen, unfähig umzukehren, unfähig zu entkommen. Er hasste dieses Spiel.

Donnerstag   17.00 Uhr

Das Finale war vorbereitet. Der Countdown lief, ohne dass jemand sich dessen bewusst war. Es würde eine gelungene Darbietung werden. Doch diese Inszenierung war kein Theaterstück, sondern handelte von dem wahren Leben und dem Tod. Witzig, das Ganze mit einem Bühnenstück zu vergleichen. Oder war es makaber? Wie auch immer, es war an der Zeit, die Vergangenheit abzustreifen wie eine Schlange ihre alte Haut. Die verworrene Lage hatte sich für den Moment entspannt. Jetzt galt es schnell zu handeln, bevor jemand den Plan vereitelte. Ein kurzer Blick auf die Uhr reichte aus, um die Nerven zu beruhigen. Es blieb noch ausreichend Spielraum, um eine cremige Köstlichkeit vom Eiswagen zu genießen.

Donnerstag   18.00 Uhr

Die anfängliche Euphorie, den Abend in Gesellschaft zu verbringen, war schon lange verebbt. Trübsal überschattete die Freude, wie ein Gewitterschauer den Sonnenschein vertreibt. Immer wieder dachte er an Früher. An die Zeit, die nie zurückkehren würde. In unregelmäßigen Abständen schaute Wolfram Wilhelm Berg auf das Zifferblatt seiner Uhr. Nervös trommelte er mit den Fingern auf den Tisch, auf dem er bereits die Gläser gestellt hatte.

„Reiß dich zusammen!", tadelte er seine Ungeduld und widerstand nur knapp der Versuchung, die Zeit mit einem Glas Rotwein zu überbrücken. Es waren erst ein paar Tage vergangen, seit er mit Frank Burgwein einen netten Männerabend verbracht hatte. Trotzdem war die Situation nicht zu vergleichen, denn heute war der Tag! Vor genau zehn Jahren hatte sich sein Leben schlagartig verändert. Der damalige Urlaub im Paradies wurde ein Höllentrip, in dessen Fegefeuer er noch immer schmorte. Zugegeben, er hatte als Trost und Ablenkung die Arbeit und seine Tochter, die mehr und mehr zu der jungen Ausgabe seiner Frau heranwuchs. Apropos Hanna: Wo trieb sich diese eigentlich schon wieder rum? Vielleicht bei dem, wie hieß er doch gleich? Thilo, oder so ähnlich. Hatte er diesen Namen nicht schon mal in einem anderen Zusammenhang gehört? Wie auch immer, es blieb abzuwarten, ob er es wert war, nähere Informationen einzuholen. Wolfram Wilhelm Berg seufzte, um die quälende Stille zu verscheuchen, die ihn wie ein unsichtbarer Schleier umhüllte. Versonnen betrachtete er die Fotografien und das gerahmte Gedicht, die er jedes Jahr aus dem Schrank holte. Erinnerungen an glücklichere Zeiten, weit entfernt wie eine fremde Galaxie in den Weiten des Weltraums. Es war wie das Herumstochern in alten Wunden, damit sie nie ganz verheilen. Aus Angst, das schöne unbekümmerte Leben von damals zu vergessen. Seufzend las er laut die Zeilen, die ihn jedes Jahr aufs Neue zu Tränen rührten.

Es wird nicht schön. Es ist niemals schön. Doch der Abschied gehört zum Leben, wie das Salz in der Suppe. Ich könnte unzählige Vergleiche aufzählen. Leider macht es den Abschied nicht einfacher. All dies kann nicht helfen, das Unvermeidliche zu verhindern. Es wird passieren, so sicher wie die Ebbe auf die Flut folgt, oder die Flut auf die Ebbe. Es ist ein einziger Kreislauf. Niemand kann ihn aufhalten. Selbst wenn wir es uns sehnlichst wünschen. Nein, es ist niemals schön Abschied zu nehmen. Denn der Tag wird kommen und eines ist gewiss. Er kommt immer zu früh!

„Papa, wann lebst du endlich im Hier und Jetzt? Mama hätte bestimmt nicht gewollt, dass du in Depressionen versinkst!", waren die Sätze, mit denen seine Tochter Hanna ihn immer wieder bombardierte. Oft stellte er sich in den Momenten die Frage, was gewesen wäre, wenn er an diesem besagten Tag den Tod gefunden hätte. Wie lange hätte seine Emma um ihn getrauert? Gab es nicht dieses Zitat, welches erklärte, dass es Dinge gibt, die besser unbeantwortet blieben? Da er auf das was geschehen war sowieso keinen Einfluss hatte, würde er ohnehin nur mutmaßen können, wie seine Emma den Schicksalsschlag verkraftet hätte. Vielleicht war es wirklich besser, wenn man nicht alles wusste? Allerdings gab es da noch ein Thema, welches er bisher auch immer gemieden hatte. Heute war es an der Zeit Frank Burgwein mit der Frage nach dem Aufenthaltsort seiner Gattin zu konfrontieren, um endlich dem Tratsch ein Ende zu setzen. Er konnte sich einfach nicht vorstellen, dass sie ihren Ehemann verlassen hatte. Zumindest nicht die Person, die er in seiner Erinnerung hegte und pflegte.

„Na, vielleicht hat er sie im Garten verscharrt", witzelte er und zuckte zusammen, als die Türklingel ihn aus seinen abstrusen Gedanken riss. Unwillig erhob sich Wolfram Wilhelm Berg aus seinem Ledersessel, legte die Fotos und das Gedicht zurück in die Schublade. Nachdem er diese bewusst geschlossen hatte, ging er gemächlich zur Haustür. Die Hand bereits auf der Klinke, atmete er tief ein und aus und murmelte: „Vergiss die Vergangenheit. Vergiss die Vergangenheit!" Dann öffnete er die Eichentür.

„Oh, hallo", brachte er nur heraus, bevor sich der Gast in seine Arme schmiss und schluchzte.

Donnerstag 18.00 Uhr

Dieses erhabene Gefühl, gleich einem göttlichen Wesen über Leben und Tod richten zu können, gab ihm immer wieder einen Adrenalinschub, der ihn mit einer Macht durchflutete, so gewaltig und zerstörerisch wie ein Tsunami. Er liebte diesen Augenblick, brauchte diesen Kick wie ein Süchtiger seine Drogen. Keiner ahnte welche Talente in ihm schlummerten. Stets war er mittendrin und doch ein Niemand. Dieses Stigma hatte ihm in früheren Zeiten schwer zu schaffen gemacht. Bis zu dem Moment, als jemand ihm offenbarte, dass dieses „graue Maus-Image" ein unglaubliches Geschenk darstellte. Der angebliche Fluch hatte sich als Segen erwiesen. Doch nun musste er nach der letzten Tat erst einmal pausieren, um keinen Verdacht zu erregen. Eine reine Vorsichtsmaßnahme, denn wer sollte ihn schon verdächtigen? Beschwingt lenkte er den Wagen durch die kurvenreiche Strecke. Die Fahrt durch die sauerländische Landschaft glich seinem Triumphzug. Doch leider waren die Straßen des Diekental nicht mit jubelnden Menschen gesäumt. Die Energie, die durch seinen Körper strömte, übertrug sich auf das Gaspedal seines Wagens. Wie ein Formel-1-Pilot bei einem Rennen raste er durch die Kurven. Selbst als er die zulässige Höchstgeschwindigkeit schon lange überschritten hatte, machte er keine Anstalten die Pferdestärken zu drosseln. Mit sich selbst und der Welt zufrieden, betätigte er erst die Bremse, als das Auto über den Fahrbandrand zu schlingern drohte. Doch was war das? Das Mistding reagierte nicht. Wie konnte das sein? Es war doch erst vor zwei Wochen in der Werkstatt gewesen.

„Nein, das kann nicht sein", stammelte er, als ihm sein Unterbewusstsein auf der Suche nach einer plausiblen Erklärung eine Antwort präsentierte. Die Fröhlichkeit verschwand schlagartig. Mit eiserner Miene versuchte er das Gefährt in der Spur zu halten und trat dabei immer wieder auf die Bremse, ohne eine Wirkung zu erzielen. Voller Verzweiflung umklammerte er das Lenkrad, so dass das Weiß seiner Knöchel sichtbar wurde. Nein, er wollte nicht sterben! Nicht jetzt! Er war noch nicht dazu bereit. Nein, nein, so einfach konnte man sich seiner nicht entledigen.

„Halt an, du blöder Karren! Verdammt noch einmal! Stopp!" Unfähig den Unfall zu verhindern, schlitterte er mit quietschenden Reifen dem Abgrund entgegen.

„Na, wer sagt es denn, ich lebe noch!", wimmerte er dankbar, als der Wagen die Geschwindigkeit verlangsamte, während er eine Schneise durch das Dickicht zog. Die Rutschpartie endete an einem Baum, dessen Zweige sich wie Speere durch die Windschutzscheibe bohrten.

Donnerstag   19.30 Uhr

Auf dem Tisch stapelten sich Notizen, Fotos und Zeitungsausschnitte und mitten in diesem Durcheinander thronte der schneeweiße Maine Coon Kater Merlin.

„Du bist wirklich eine große Hilfe", spottete Max, der gerade versuchte einen Brief unter Merlins Pranken hervorzuziehen. Die ironische Bemerkung veranlasste den Stubentiger, noch mehr Platz für sich zu beanspruchen, indem er seinen eindrucksvollen Körper dehnte und streckte, bevor er es sich erneut gemütlich machte. Max hielt unterdessen den Brief in den Händen und überflog erneut die Zeilen, die Gacka-Paul an seine geliebte Elsbeth gerichtet hatte.

Liebste Elsbeth,
auch wenn man weiß, dass es das Beste ist, tut es nicht weniger weh. Auch wenn man weiß, dass es keine Alternative gibt, ist der Schmerz unerträglich. Aber ich muss dich gehen lassen. Da gibt es kein Wenn und Aber. Ohne mich bist du besser dran. Danke für die gemeinsamen Stunden, die wir miteinander verbringen durften. Ich liebe dich. Daran wird auch die Zeit nichts ändern. Auf ewig, Dein dich liebender Paul.

Wer hätte gedacht, dass dieser schrullige Alte zu solch poetischen Zeilen fähig gewesen war. Max lehnte sich in seinem Stuhl zurück und überblickte das Chaos wie ein Feldherr seine Truppen. Irgendein Detail musste er übersehen haben. Da war immer noch dieses Gefühl, dass alles miteinander verbunden war. Doch leider hatte er bisher noch keinen Beweis für seine Theorie gefunden. Verflixt noch mal! Zur Steigerung seiner Konzentration gönnte er sich ein Stück von der Schokolade, die in Griffnähe auf einem Beistelltisch bereit lag. Eine Flasche Wasser und eine Thermoskanne voller Kaffee rundeten sein sogenanntes „Herrengedeck" ab. Dieses war seine Nervennahrung, wenn er sich in das private Arbeitszimmer zurückzog, welches von seiner Frau scherzhaft als „Denkerraum" bezeichnet wurde. Die Regale an den Wänden waren gesäumt von Fachbüchern über Verbrechensaufklärung, Psychologie, Profiling und natürlich von Krimis. Im Zeitlupentempo ließ er den Blick über die Einbände schweifen, als suchte er die passende Lektüre, die ihm die Antwort liefern würde. Nach dem Zusammentreffen mit Frau Petit hatte er es kaum erwarten können, das Mysterium Gacka-Paul zu entschlüsseln. Seine Vermutung bezüglich des Erdhügels hatte sich bestätigt. Allerdings handelte es sich bei den menschlichen Überresten um eine männliche Person. Damit blieb Melanie Burgwein immer noch verschwunden. Seiner Meinung nach war die Ehefrau von Frank Burgwein ein wichtiges Puzzlestück, wenn nicht sogar das Wichtigste. Gleich morgen früh würde er alle Hebel in Bewegung setzen, um ihren Aufenthaltsort in Erfahrung zu bringen. Nach und nach würde er diesen verzwickten Fall schon entwirren. Er brauchte nur ein Packende. Eventuell würde die Identifizierung des Toten Licht in das Dunkel bringen? Oder zumindest Aufschluss darüber geben, wer neben Frank Burgwein noch in die Angelegenheit verwickelt war. Welchen Part spielte zum Beispiel der Schönling Florian Richter in dieser Geschichte? Waren Ben Förster und dieser Matheo wirklich unschuldig? War Hanna Berg nur ein aufmüpfiger Teenager, oder verbarg sich mehr hinter diesen privaten Ermittlungen? Und dann war da noch dieser Jonas Blitzke. Vielleicht war dieses Tollpatsch-Image nur die Tarnung eines gerissenen Psychopathen?

„Nein", murmelte Max und strich den letzten Satz in seinen Gedanken, während er das samtweiche Katzenfell streichelte. Kater Merlin belohnte diese Behandlung mit einem wohligen Schnurren. „Ach, Merlin", seufzte Max, „ich brauche dringend einen Hinweis."

In diesem Moment klingelte sein Mobiltelefon.

Donnerstag   20.00 Uhr

Ihre Lippen verschmolzen miteinander. Noch nie in ihrem Leben hatte sie ein innigeres Gefühl verspürt. Ihre Zweisamkeit war ein entfachtes Feuerwerk in einer Silvesternacht. Er war ihr Seelenverwandter, Freund und Geliebter zugleich. Unfassbar, dass sie sich erst seit ein paar Tagen kannten. Wen störte der zehnjährige Altersunterschied? Ganz im Gegenteil - alles war perfekt.

„Warum bist du Arzt geworden?"

„Um wunderschöne Frauen im Krankenhaus kennenzulernen", erwiderte Thilo, während er mit einer Strähne ihres blonden Haares spielte. Hanna lachte und liebkoste sanft seine Wange mit ihrer Hand.

„Thilo Müller, du bist ein ganz Schlimmer", hauchte Hanna und schaute Thilo versonnen an. Endlich musste sie ihre Zeit nicht mit Jüngelchen verschwenden. Nein, Thilo Müller war ein richtiger Kerl. Nun gut, mit seinem Stoppelhaar und den rehbraunen Augen entsprach er nicht gerade ihren Idealvorstellungen von einem Mann. Doch die Tatsache, dass er bereits Arzt war, machte das Aussehen mehr als wett. Sie liebkoste sein Gesicht mit Küssen und spürte dabei eine Verbindung, die ihr bisher fremd gewesen war. Es war eine Mischung aus knisternder Erotik, Sinnlichkeit und einem Hauch von familiärer Vertrautheit, die sie sich nicht erklären konnte. Verdammt, was hatte sie nur all die Zeit verpasst? Am liebsten hätte sie sich die Klamotten vom Leib gerissen und ihn an Ort und Stelle geliebt. Die abendliche Temperatur war wunderbar mild und rundete die Hollywood-Atmosphäre ab. Der Himmel schien voller Geigen.

„Thilo Müller, wo bist du all die Jahre nur gewesen?", stöhnte sie, als er ihr sanft über ihre Brüste streichelte. Hanna schloss die Augen und genoss die Zärtlichkeiten. Doch schlagartig schien die Magie des Moments verschwunden, so plötzlich wie ein Windstoß, der das wärmende Kerzenlicht löscht. Als sie ihre Augenlider öffnete, schaute sie in das versteinerte Antlitz von Thilo. Hanna begann zu frösteln.

„Was ist mit dir?", fragte sie und bemerkte, wie eine Woge der Angst durch ihren Körper fuhr. „Mein Bruder ist der eigentliche Grund, weshalb ich Arzt geworden bin", erklärte er mit einer Stimme ohne Wärme. Hanna konnte sich diesen abrupten Gefühlswechsel nicht erklären. „Aha", antwortete sie deshalb nur beiläufig, in der Hoffnung dieses Thema damit beenden zu können. Doch der Zauber ihrer Zweisamkeit war verflogen.

„Was macht dein Bruder?", fragte sie widerwillig. Sie konnte sich gerade noch beherrschen, diesen nicht als blöd zu betiteln.

„Mein Bruder Till ist tot und du hast ihn umgebracht."

Donnerstag   20.15 Uhr

Er hatte Zeit. Immerhin wartete er schon so lange auf diesen Moment, dass Sekunden, Minuten, Stunden keine Rolle mehr spielten. Irgendwann musste sie wieder auftauchen. Unverschämterweise hatte sie einen unachtsamen Augenblick seinerseits genutzt, um ihrem Schicksal zu entkommen. Seine Taktik lautete, sich einfach still zu verhalten. Früher oder später würde sie ihre Zuflucht verlassen. Ein guter Plan, da er nicht genau wusste, wo sie sich versteckt hielt. Sobald sie die Deckung aufgeben hatte, würde er zuschlagen. Ohne Gnade! Das war er seiner Familie schuldig. Denn diese Exekution wurde von ihm erwartet. Oder war dies eine Bürde, die er sich selbst auferlegt hatte? Zugegeben: Er hatte sie lange beobachtet und diese Observation sehr genossen. Doch irgendwann musste schließlich Schluss sein. Er schaute kurz auf und betrachtete die Umgebung wohlwollend. Zurzeit war er vollkommen zufrieden mit dem Leben, das er sich erarbeitet hatte. Eine gemütliche Bleibe, nette Menschen um ihn herum, viel Arbeit und immer etwas auf dem Teller. Seine Odyssee war beendet. Genau in diesem Moment huschte das graue Etwas durch das hohe Gras. Die Jagd konnte beginnen.

Freitag   10.30 Uhr

„Endlich habe ich sie erwischt!" Dieser Ausruf wurde begleitet von einen lautem Knall, um die Schilderung noch anschaulicher zu gestalten. Max Knapp saß auf seinem Lederstuhl und musterte einen Kollegen, der mit stolz geschwellter Brust ein totes Mückentier präsentierte.

„Ich habe das störende Individuum erledigt", jubelte er, als hätte er den gefürchtetsten Gangster aller Zeiten zur Strecke gebracht.

„Toll!" „Klasse!" „Super!", erklang es lautstark von den anderen Plätzen. Auch er war bei seinem gestrigen Eintreffen im Büro mit Lobeshymen überschüttet worden. „Gut gemacht." „Wer hätte das gedacht." „Respekt!" Doch im Gegensatz zu dem Insektenkiller, der sich im Ruhm des Moments sonnte, hatte er nur stumm genickt. Hätte es sich um eine Preisverleihung gehandelt, hätte er mit Inbrunst herausposaunen können: „Nein, danke, ich nehme die Auszeichnung nicht an!" Denn trotz der Aufklärung des Falles war da immer noch dieses sonderbare Gefühl, dass er etwas übersehen hatte. Die „Bienenstich-Theorie" seines Sohnes, der das Offensichtliche außer Acht gelassen hatte, schwirrte in seinem Schädel umher, wie ein Lied in den Morgenstunden, das einem den ganzen Tag nicht mehr aus dem Kopf geht.

„Hm", murmelte Max und studierte erneut die Zeugenaussagen. Er stützte den Kopf in seine Handflächen, als könnte er den Denkprozess dadurch beschleunigen. Doch wo Ideen sprudeln sollten, herrschte gähnende Leere. Der Fall war erledigt. Aber wo war die Erleichterung, die er stets verspürte, wenn er ein Verbrechen zu den Akten legen konnte?

„Du brauchst etwas Süßes", verordnete er sich selbst und griff in die oberste Schublade seines Schreibtisches, in dem er immer einen sogenannten „Notvorrat" beherbergte. Bereits wenige Augenblicke später hielt er einen Karamell-Schokoriegel in der Hand, lehnte sich in seinem

Drehstuhl zurück und betrachtete die Alpenlandschaft. In Gedanken ließ er die ereignisreichen letzten Stunden Revue passieren.

„Du willst dich jetzt noch auf den Weg machen?", frage Jule, die keinen Hehl daraus machte, dass ihr der späte Einsatz missfiel. „Wenn dir dein Chef etwas zu sagen hat, dann kann er das auch morgen früh im Büro machen", fügte sie erklärend hinzu.

„Aber Schatz, ich bin nun einmal Polizist. Das ist doch nicht mein erster Abendeinsatz. Außerdem hat mich mein Chef, noch nie in seine „heiligen Hallen" gebeten. Es muss folglich etwas sehr Wichtiges sein."

„Dann haben wir schon wieder keine Zeit für uns", warf Jule trotzig ein.

„Ich komme doch wieder. Oder ist da irgendetwas Bestimmtes, was wir besprechen müssen?"

„Nein", antwortete Jule entschlossen, doch das kurze Zögern in ihrer Stimme verriet Max, dass ihre Antwort nicht der Wahrheit entsprach. Hin und Hergerissen zwischen der Zweisamkeit mit seiner Frau und den beruflichen Pflichten lenkte er schließlich ein.

„Ich kann auch später noch fahren."

„Nein, nein auf keinen Fall!"

Max hasste diese Art der Konversation.

„Jule, ich fahre doch nur nach Hachen. Der Chef bat mich, sofort zu kommen. Ich ..."

„Ja, ja schon gut! Ich bin nicht blöd. Ich sagte

doch, dass du dich auf den Weg machen kannst."
Es war einer dieser Momente, in denen Max mal
wieder bewusst wurde, dass nicht für jedes Prob-
lem eine gute Lösung vorgesehen war. Wie man
es auch drehte und wendete, jeder Versuch war
zum Scheitern verurteilt.

„Na denn, bis später", antwortete Max und
machte sich auf den Weg zum Auto, ohne ein wei-
teres Wort zu verlieren. Als er rückwärts aus der
Einfahrt fuhr, sah er Jule und Kater Merlin aus
dem Flurfenster schauen. Er hob die Hand und
winkte, doch er konnte keine Reaktion der beiden
erkennen, als wären sie nur eine Halluzination.
Max verdrängte diesen idiotischen Gedanken und
konzentrierte sich auf die Straße. Seine Autofahrt
führte ihn durch die grünen Täler und Berge des
Sauerlandes, von deren landschaftlichem Reiz zu
dieser Stunde wenig zu erkennen war. Er bewäl-
tigte die Strecke wie ein Pferd mit Scheuklappen,
während in seinem Geiste immer dieselben Fra-
gen abspulten. Was würde ihn bei seinem Chef
erwarten? Warum sollte er um diese Uhrzeit noch
nach Hachen fahren? Nach einer gefühlten Ewig-
keit erreichte er die Villa von Wolfram Wilhelm
Berg, die er bisher immer nur bei privaten Spa-
ziergängen von außen betrachtet hatte. Durch die
Nähe des Waldes wirkte das Gebäude wie ein
letzter Grenzposten, beschützt von den hohen
Bäumen, die riesigen Wächtern gleich einen Wall
der Stärke bildeten. Nachdem er ohne Schwierig-

keiten eine Parkmöglichkeit für sein Fahrzeug
gefunden hatte, stieg er aus und legte die wenigen
Schritte bis zum Eingang zu Fuß zurück. Noch
bevor er die Klingel betätigen konnte, wurde die
Haustür aufgerissen.
„Wurde aber auch Zeit!", polterte Wolfram Wilhelm Berg heraus.
Doch Max hörte weder die Worte noch nahm er
dessen untersetzte Gestalt wahr. Seine ganze
Aufmerksamkeit galt der Person im Hintergrund,
die er trotz des vom Make-up verschmierten Gesichts, welches einer Kriegsbemalung ähnelte,
sofort erkannte. Melanie Burgwein – Er hatte sie
gefunden.

„Eine nette Geschichte. Aber ich glaube kein
Wort davon. Das kann nicht stimmen."
Max Knapp erwachte wie aus einer Trance und
benötigte einen Augenblick, um in die Wirklichkeit zurückzukehren. Noch bevor er den Eindringling sah, konnte er anhand der Stimme zuordnen, wer vor ihm stehen würde. Jonas Blitzke,
der heimlich einen Blick auf seine Notizen geworfen hatte. Max verzichtete auf das übliche
Vorgeplänkel und sprang sofort zum Wesentlichen. Wer weiß, vielleicht besaß dieser Möchtegernreporter den entscheidenden Hinweis. Denn
dieses Gefühl, dass das fertige „Puzzle" nicht das
richtige Motiv präsentierte, wuchs in Max wie ein
bösartiger Tumor.

„Wie Sie bereits gelesen haben, soll Frank Burg-wein laut seiner Gattin Melanie Burgwein, die Ehefrau von Wolfram Wilhelm Berg ermordet haben, da sie seine Annährungsversuche nicht erwiderte. Außerdem ist er angeblich für den Tod zweier junger Männer verantwortlich, die ihre Freundschaft mit Hanna Berg beenden wollten. Da seine einzige Tochter seinerzeit aus Liebes-kummer den Freitod gewählt hatte, wollte er zu-mindest Hanna vor diesem Seelenleid beschützen. Der Versuch den nächsten Freund umzubringen, der sich von Hanna trennen wollte, scheiterte. Da er aber bei dieser Tat von Paul Huckschlag besser bekannt als Gacka-Paul beobachtet worden war, musste auch dieser aus dem Weg geschafft wer-den. Als Melanie Burgwein schließlich damit drohte die Polizei zu verständigen, erhängte er sich. Sein angeblicher Komplize Erik Danke ver-unglückte auf der Flucht und ist zurzeit nicht ver-nehmungsfähig. Jetzt, mein lieber Herr Blitzke, kommt Ihr großer Auftritt. Bevor ich Ihnen eine saftige Strafe aufbrumme, da Sie in meinen poli-zeilichen Akten herumgeschnüffelt haben, gebe ich Ihnen die Gelegenheit mir mitzuteilen, warum Sie diese Aussage so vehement anzweifeln. Set-zen Sie sich und schießen Sie los!"

„Losschießen, das kann …", witzelte Jonas, ver-stummte aber sofort, als Max Knapp kurz mit der Faust auf den Schreibtisch schlug und ihn mit einem zornigen Blick bedachte.

„Oh, ja, nun ...", begann Jonas Blitzke stockend und spielte nervös mit ein paar Blättern Papier, die Max auf dem Schreibtisch liegen hatte. Max Knapp ignorierte diese Marotte gnädig, um den Redefluss nicht zu unterbrechen, der mit jeder Silbe etwas flüssiger wurde.

„Also ich kenne den Frank Burgwein schon einige Zeit. Er hatte es nicht immer leicht mit seiner Gattin. Nach außen hin spielte sie die nette, feine Dame, aber bei einem Schützenfest hat mir der Frank Burgwein mal zugeflüstert, dass sie der Teufel in Person sei. Und was den Paul Huckschlag angeht: Die beiden waren schon eine Ewigkeit befreundet. Warum sollte er seinen Saufkumpanen umbringen? Außerdem munkelte man im Dorf, dass die beiden ein Geheimnis zusammenschweißt. Ich glaube auch nicht, dass er mit der Emma Berg ein Verhältnis anstrebte. 'Freundschaft ist das höchste Gut', hat er immer gepredigt, wenn wir mal bei irgendwelchen Dorffesten ein Bier oder zwei miteinander getrunken haben. Mit dem Erik Danke habe ich ihn nie privat gesehen. Allerdings habe ich den zufällig vor kurzem in einer Apotheke in Sundern getroffen, wo er sich nach Reisetabletten erkundigte. Oh, Mist! Jetzt habe ich aus Versehen dieses Blatt eingerissen."

Wortlos reichte ihm Max den Tesafilmabroller und beobachtete Jonas Blitzke, der ungeschickt versuchte, den Schaden zu beseitigen. Plötzlich sprudelten Gedankenblitze in Max´ Schädel umher, als würden nach einem Reset alle Informationen schlagartig neu geladen. Sternschnuppen am dunklen Himmel, ein bunter Konfettiregen im Schneegestöber. Ideen, Anregungen und Lösungen prasselten auf ihn ein und setzten das „Puzzle" neu zusammen.

„Mensch, Herr Blitzke Sie sind ein Genie", verkündete Max und klopfte dem verdutzten Reporter auf die Schulter, der immer noch damit beschäftigt war, den Klebestreifen an die richtige Stelle zu positionieren.

„Ich? Ach?"

„Sie haben mir bei diesem Fall sehr geholfen", ergänzte Max. „Übrigens, was war denn der eigentliche Grund für Ihr Kommen?"

„Nun, ich … Ja, wie soll ich es sagen? Ich wollte nur fragen, ob ich diesen Papagei eventuell behalten könnte. Ich würde auch …"

„Schon überredet", unterbrach ihn Max Knapp, „Bitte entschuldigen Sie mich jetzt, ich bin dank Ihnen mittendrin in einer wichtigen Ermittlung."

Freitag   12.00 Uhr

Er hatte sich noch nie einsamer gefühlt. Selbst nicht, als ihm die Nachricht vom Tod seiner Frau ereilt hatte, denn da waren seine Freunde mit tröstenden Worten an seiner Seite gewesen. Doch wie sich jetzt herausgestellt hatte, war einer dieser vermeintlichen Freunde der Auslöser der ganzen Tragödie. Unfassbar! Wieso hatte er nie etwas bemerkt? Sollte er als Polizeichef nicht erkennen, wenn sich ein Kuckucksei im Nest befand? Das Geständnis von Melanie Burgwein hatte ihm den Boden unter den Füßen weggerissen. Schlimmer noch, er kauerte in dem Scherbenhaufen seines Lebens. Verflixt noch einmal, wenn doch wenigstens Hanna Zuhause wäre! Hatte sie von den Ereignissen bereits gehört? Er fingerte sein Mobiltelefon aus der Tasche, um zum wiederholten Mal die Nachrichten zu überprüfen.

„Immer noch nichts", seufzte er, während sein Blick auf die Weingläser fiel. Vielleicht würde ein guter Tropfen seine Stimmung heben.

„Was soll es!", sagte er und holte seine Lieblingsmarke. Nachdenklich betrachtete er das Etikett. Dies war dieselbe Sorte Wein, die er vor ein paar Tagen mit Frank Burgwein, dem Mörder seiner geliebten Emma, getrunken hatte. Ein schwerer kraftvoller Rebsaft, den man bei einer Temperatur von achtzehn Grad genießen sollte. Er hatte eine Flasche seines edlen Rotweines an einen Killer verschwendet. Erstaunlicherweise verspürte er keinen Groll gegen seinen ehemaligen besten Freund. Konnten die Anschuldigungen überhaupt wahr sein? Nachdem er sein Glas gefüllt hatte, schaute er erneut auf seine Handynachrichten. Immer noch keine Rückmeldung von

Hanna! Wo trieb sie sich nur rum? War sie überhaupt gestern nach Hause gekommen? In seiner Verzweiflung wählte er erneut ihre Nummer, doch wieder erreichte er nur ihre Mobilbox, die ihm mitteilte, dass der gewünschte Gesprächsteilnehmer zurzeit nicht erreichbar sei. Er musste unbedingt Nachforschungen in die Wege leiten, wer weiß mit welchen Typen sie sich herumtrieb, dass sie noch nicht einmal in der Lage war, ihn zurückzurufen. Vielleicht sollte er gleich? „Wolfram Wilhelm Berg, mit deinen privaten Ermittlungen hast du bereits den Tod von zwei jungen Männern verschuldet", murmelte er und genehmigte sich einen großen Schluck. Als plötzlich die Türklingel erklang, zuckte er zusammen. „Wer stört meinen Kummer?", fragte er in den leeren Raum hinein. „Geht weg! Verschwindet!" Doch wer auch immer um Einlass bat, betätigte unentwegt den Klingelknopf und zerstörte dadurch die Ruhe, die man brauchte, um im Selbstmitleid zu ertrinken.

„Verdammt!", kommentierte er dieses hartnäckige, lästige Verhalten und erhob sich. Mit leicht schwankenden Schritten ging er zur Tür und öffnete diese so schwungvoll, dass die Wucht ihn fast zu Boden gerissen hätte.

„Langsam, hören Sie erst einmal meine Neuigkeiten, bevor Sie umfallen. Ich habe den Fall gelöst", verkündete Max Knapp.

„Für so einen Quatsch trennen Sie mich von meinem Rotwein? Ich war doch bei der Aufklärung dabei, als Melanie Burgwein uns alles erzählt hat!", polterte Double-You in seiner gewohnt charmanten Art sofort los

„Ich meine richtig gelöst. Frank Burgwein ist unschuldig."

Für den Bruchteil einer Sekunde war Double-You sprachlos, doch dann überwogen seine Neugier und Professionalität.

„Kommen Sie herein."

„Darf ich?", frage Max und bot seinem Chef den Arm als Stütze an.

„Hüten Sie sich! Seit meinem ersten Lebensjahr bin ich des Laufens mächtig. Ich brauche keine Hilfe!", donnerte er los und schritt, nicht gerade in Ideallinie, zum Platz zurück. Dort angekommen, füllte er sein Glas wieder auf.

„Setzen Sie sich, Herr Knapp. Darf ich Ihnen auch etwas anbieten?"

„Nein, danke. Ich muss noch fahren."

„Gut, gut, dann bleibt mehr für mich", bemerkte Wolfram Wilhelm Berg. „So, jetzt aber mal Schluss mit diesem Höflichkeitsgefasel! Kommen Sie zur Sache! Ich will die ganze Geschichte hören!"

Max Knapp setzte sich und begann unverzüglich mit seinen Ausführungen.

„Nun, ich hatte die ganze Zeit ein ungutes Gefühl, als …"

„Ist das relevant?", unterbrach ihn Double-You

schroff.

„Nein, ich wollte nur …"

„Ich bin nur an Fakten interessiert. Dieses Ausgeschmücke können Sie sich für die Presse oder Ihre Memoiren aufheben."

„Also dann ohne Lametta", witzelte Max Knapp. „Frank Burgwein wurde von seiner Ehefrau Melanie Burgwein umgebracht."

„Können Sie das beweisen?", verlangte Double-You, ohne Gefühlsregung in der Stimme, zu wissen.

„Ja, ich habe …"

„Details später! Jetzt wird es Zeit für die Geschichte!", forderte Double-You und lehnte sich mit seinem Glas Rotwein in seinem Stuhl zurück, als erwartete er eine Märchenstunde.

„Frau Melanie Burgwein war eifersüchtig auf Ihre Frau Emma, die nicht nur perfekt aussah, sondern auch alle in ihren Bann ziehen konnte inklusive Frank Burgwein."

„Ja, sie war wirklich etwas Besonderes", warf Double-You seufzend ein.

„Soll ich fortfahren?"

„Ja, natürlich. Was für eine Frage. Ich weiß überhaupt nicht, warum Sie Ihre Schilderungen unterbrochen haben?"

„Hm, nun gut. Wie gesagt, Melanie Burgwein war neidisch und vielleicht auch in Sorge, dass ihr Gatte irgendwann den Reizen erliegen würde. Daher entschloss sie sich Emma Berg aus dem

Weg zu räumen. Kurz vor dem Tauchgang manipulierte sie die Sauerstoffflasche."

„Sie hat was?"

„Wie gesagt ist Frau Burgwein die Mörderin. Aber vielleicht kann ich ja weitererzählen."

„Sicher doch! Ich weiß überhaupt nicht, was Sie immer dazu bewegt aufzuhören?"

„Hm", brummte Max, „wo war ich denn jetzt? Ach ja, bei der Taucherei. Niemand untersuchte den Fall näher, da keiner ein Fremdverschulden in Erwägung zog. Es entzieht sich meiner Kenntnis, ob Frank Burgwein etwas von diesem Verbrechen ahnte. Als Melanie Burgwein ihre vermeintliche Nebenbuhlerin ausgeschaltet hatte, kehrte Ruhe ein. Denn sie hatte erreicht, was sie wollte. Nämlich der absolute Mittelpunkt zu sein. Doch das unbekümmerte Leben änderte sich schlagartig, als sich ihre einzige Tochter Lina Burgwein das Leben nahm. Von da an wuchs der Drang, oder vielleicht auch das Schuldgefühl in Melanie Burgwein, wenigstens Hanna vor allen Gefahren zu schützen. Da Sie, Herr Berg, Frank Burgwein mit Ihren privaten Ermittlungen betrauten, war es für Melanie Burgwein ein leichtes, die Männer aufzuspüren. Burgweins Tochter Lina wählte aus Liebeskummer den Freitod, daher eliminierte Melanie Burgwein alle Liebhaber von Hanna Berg, die die Beziehung mit ihr beenden wollten. Bei jedem Mordfall war Frank Burgwein der zuständige Ermittler. Er benötigte auch nicht lange, um die Hintergründe der Taten zu erkennen. Aber was sollte er machen? Er liebte seine Frau. Aller Wahrscheinlichkeit nach stellte er sie zur Rede. Danach packte sie ihre Sachen und zog zu ihrer Mutter, die angeblich pflegebedürftig war. Was sie dazu bewogen hatte, nach Amecke zurückzukehren, kann ich nur raten. Doch als sie ihren Mann aufsuchen wollte, fiel ihr das Bild von Matheo in die Hände. An dieser Stelle muss ich mich entschuldigen, da ich es dort verloren habe."

„Papperlapapp", tönte Double-You, „Absolution erteilt nur die Kirche. Wie geht es weiter?", fragte er und leerte sein Glas, bevor er es erneut füllte.

„Als sie das Foto sah, erwachte ihr Jagdtrieb und ein teuflischer Plan nahm Gestalt an. Sie würde diesen Matheo, der es ihrer Meinung nach ohnehin verdient hatte zu sterben, umbringen und ihrem Mann den Mord in die Schuhe schieben. Melanie war sich vollkommen sicher, dass niemand seinen Beteuerungen Glauben schenken würde, selbst wenn er die Geister der Vergangenheit entfesselte. Doch sie benötigte einen Komplizen. Schnell fiel ihre Wahl auf Erik Danke, mit dem sie schon seit längerer Zeit Kontakt pflegte, um über das Dorfgeschehen informiert zu sein. Erik Danke war im wahrsten Sinne des Wortes ein dankbares Opfer, denn endlich bekam er Aufmerksamkeit und wahrscheinlich auch Liebesversprechen."

„Nicht zu glauben!", warf Double-You ein und winkte ungehalten, um Max Knapp zum Weitererzählen zu animieren.

„Nach dem missglückten Anschlag auf die beiden Jungen muss Frank Burgwein informiert worden sein, dass seine Gattin wieder ihr Unwesen treibt. Er spürte sie tatsächlich auf und drohte, ihr krankhaftes Verhalten auffliegen zu lassen. Was Melanie in ihrem Vorhaben bestärkte, ihn zu töten. Natürlich musste alles wie ein Selbstmord aus Verzweiflung aussehen. Daher auch der Mord an Gacka-Paul, der, da war sich Melanie Burgwein sicher, sie beobachtet hatte, als sie diesen Matheo ins Jenseits schicken wollte. Außerdem wusste sie nicht, was ihr Mann ihm erzählt hatte. Die Harpune als Tatwaffe sollte den Verdacht natürlich auf ihren Gatten lenken, der dazu noch regelmäßig mit Herrn Huckschlag verkehrte. Alles war perfekt. Sie hatte alle Mitwisser ausgeschaltet und könnte als trauernde Witwe zurückkehren. Alle würden sie bedauern, während ihr toter Mann für alle ihre Verbrechen als Sündenbock herhalten würde. Als finalen Schlag musste sie sich nur noch von Erik Danke trennen. Wie mir die Spurensicherung bestätigt hat, wurden die Bremsen seines Wagens manipuliert."

Double-Yous Schädel schwirrte von der Menge an Informationen, die auf ihn eingeprasselt waren wie pfirsichgroße Hagelkörner. Frank und Melanie Burgwein, Erik Danke, Emma, Hanna, Matheo, Gacka-Paul, sie alle waren Teil seines Daseins gewesen. Wieso hatte er die Zusammenhänge nicht erkennen können? Hätte ihm Max Knapp boshaft lächelnd mitgeteilt, dass er, Wolfram Wilhelm Berg, bisher in einer Parallelwelt gelebt hatte, die ihn abgeschirmt hatte von allem Bösen, hätte er es geglaubt. Nachdem er vor nicht allzu langer Zeit erfahren hatte, dass Frank Burgwein seine Emma auf dem Gewissen hatte, riss die neue Variante der Geschichte, die noch nicht verheilte Wunde weiter auf. War Melanie Burgwein, die noch vor wenigen Stunden schluchzend in seinen Armen gelegen hatte, eine eiskalte Killerin? Er leerte sein Glas in einem Zug, dann starrte er seinen Ermittler Max Knapp an und sagte: „Nette Krimigeschichte. Mag für ein Hollywooddrehbuch reichen, aber nicht für die deutsche Justiz. Denn es gibt noch einige Ungereimtheiten in Ihren Schilderungen. Ich hasse übrigens Geschichten, die Lücken haben! Was ist mit der Leiche, die man bei diesem Gacka-Paul gefunden hat? Was sagt Erik Danke zu den Anschuldigungen? Welche stichhaltigen Beweise liegen gegen Melanie Burgwein vor?"

Ohne dass Max Knapp eine weitere Aufforderung benötigte, fuhr er mit seiner Darstellung fort. „Bei der Leiche handelt es sich um einen Vladimir Crystowksi, aus Osteuropa, der laut Polizeikartei ein bekannter Kleinkrimineller ist. Leider kann ich nur vermuten, was wirklich passiert ist.

Es könnte sich wie folgt abgespielt haben ..."

„Ist schon gut, Bruno. Ich habe es auch gehört. Bestimmt wieder dieser verdammte Fuchs, der unsere Hühner stehlen will. Der Bursche muss sich dieses Mal auf was gefasst machen. Wäre doch gelacht, wenn wir ihn nicht erwischen würden."

Gacka-Paul schulterte sein Gewehr und trat entschlossen wie ein einsamer Cowboy auf Rachefeldzug in die sauerländische „Prärie". Das aufgeregte Gackern der Hühnerschar übertönte die Geräusche der Nacht. Gacka-Paul konnte nur Umrisse erkennen, da der Mond keine Chance hatte, die graue Wolkendecke zu durchbrechen.

„Wo bist du, du Mistviech?"

Bruno begann zu knurren. Gacka-Paul folgte seinem Blick und tatsächlich, obwohl Windstille herrschte, schienen sich dort einige Zweige zu bewegen.

„Da versteckst du dich also, du Hühnerdieb!", rief Gacka-Paul und schoss.

„Ich glaube wir haben etwas erwischt", erklärte Gacka-Paul Bruno, der dicht an seiner Seite saß. Mit dem Lauf der Flinte stupste er den Zusammengesunkenen mehrmals an, danach überprüfte er den Puls. Nichts.

„Ein Schuss, ein Treffer", posaunte Gacka-Paul mit stolz geschwellter Brust. „Aber ich befürchte, dieser Erfolg bringt eine Menge Unannehmlichkeiten mit sich. Wir könnten den Eindringlich

einfach im Garten verbuddeln. Doch vielleicht wäre es ratsamer Frank Burgwein anzurufen. Was meinst du?"

Bruno wedelte zustimmend mit seinem Schwanz und wiederholte diese freudige Geste, als kurz darauf Frank Burgwein im Garten eintraf.

„Mensch Paul, was hast du dir dabei gedacht? Du kannst doch nicht einfach einen Menschen abknallen!"

„Doch", erwiderte *Gacka-Paul, „war ganz leicht. Dachte allerdings es wäre der Fuchs."*

„Und jetzt?"

„Sag du es mir", antwortete *Gacka-Paul und befüllte zwei Gläser mit Whisky.*

„Tja, das gibt haufenweise Papierkram. Außerdem werden viele Leute aufkreuzen und dir unangenehme Fragen stellen. Eventuell wirst du sogar verurteilt, oder wegen Unzurechnungsfähigkeit weggesperrt."

„Dann muss schnellstens eine andere Lösung her!", erwiderte *Gacka-Paul und nippte an seinem Glas.*

„Wie stellst du dir das vor? Ich bin Polizist."

„Der Polizist Frank Burgwein hatte keine vernünftige Idee. Wie sieht es mit dem Freund und Wegbegleiter Frank Burgwein aus?", konterte *Gacka-Paul.*

„Gemüsebeet?"

„Das klingt nach einem guten Plan."

„Bravo! Wenn Sie als Polizist Ihren Dienst quit-

tieren, könnten sie auf Schriftsteller umschulen."
„Ich schlussfolgere daraus, dass Ihnen meine Ausführung gefallen hat."
„Die auf reinen Spekulationen beruht."
„Da die Hauptakteure nicht mehr unter uns weilen."
„So geschwollen kann nur ein Literat daher schwafeln", spottete Double-You und schwenkte sein leeres Rotweinglas.
„Nun, Sie sollten uns Leser nicht lange auf die Folter spannen. Kommen Sie zur Auflösung, oder besser zu der Stelle, an der die Täterin meinen Freund und Kollegen umgebracht hat. Aber warten Sie, bis ich mir noch einmal nachgeschenkt habe", tönte Wolfram Wilhelm Berg und schüttete den letzten Rest aus der Flasche in sein Glas. „So, kann weiter gehen. Ich bin bereit."
„Ok, nun ja, Frank Burgwein muss gegen Nachmittag getötet worden sein, denn laut Zeugenaussagen wurde er vorher noch am Sorpedamm gesichtet. Ich schätze, als er nach Hause kam, wartete sie schon auf seine Rückkehr, wie eine Spinne in ihrem Netz."
„Sehr schöner Vergleich", lobte Double-You und genehmigte sich einen Schluck Rotwein. „Was machte die schwarze Witwe?"
„Ich kann nur wieder Mutmaßungen anstellen, was …"
„Machen Sie! Machen Sie!", befahl Double-You, als wäre er ein Theaterdirektor, der mühevoll

versucht, die Show in Schwung zu bringen. „Also wie gesagt, ich gehe davon aus, dass Melanie Burgwein bereits im Haus war, als ..."

„Du?", sagte er mit eisiger Stimme. Sein Körper war sofort auf Verteidigung programmiert, als müsse er sich gegen einen Angriff von finsteren Mächten behaupten.

„Warum so abweisend? Ich dachte, du freust dich mich zu sehen", flötete Melanie und setzte ein strahlendes Lächeln auf.

„Was macht er hier?", fragte Frank Burgwein, ohne auf die Schmeichelei seiner Gattin einzugehen.

„Nun, er wird mir helfen dich umzubringen." Frank Burgwein schaute in das Pokergesicht seiner Frau. Für einen Moment herrschte Grabesstille, bevor Melanie glucksend verkündete: „Oh, Frankie. Du bist immer noch kein Experte in Ironie. Das war ein Scherz."

Frank Burgwein war mehr als unschlüssig, wie er mit dieser Situation umgehen sollte. Die Anwesenheit seines ehemaligen Kollegen steigerte seine Nervosität. Er hatte schon lange vermutet, dass sie nicht allein handelte – aber Erik Danke? Der... Moment einmal! Was wusste er eigentlich von dieser Person, mit der er jahrelang zusammengearbeitet hatte? Nichts. Rein gar nichts!

„Ich habe das ewige Versteckspiel satt. Daher habe ich vor Herrn Danke ein umfassendes Geständnis abgelegt. Doch bevor er mich den Be-

hörden übergibt, bat ich, dir einen Besuch abstatten zu dürfen. Lass uns ein letztes Mal auf alte Zeiten anstoßen", flehte sie mit Tränen in den schwarz umrandeten Augen.

Dieser Gesprächswechsel kam so abrupt, dass Frank Burgwein kein einziges Wort der Widerrede in den Sinn kam. Irgendwie hoffte er auf die Hintergrundmelodie, die in keinem Film fehlen durfte und einem sofort die jeweilige Stimmung suggeriert. Denn selbst nach den vielen Ehejahren war ihm seine Anvertraute ein Rätsel geblieben.

„Knapp! Stopp! Zügeln Sie ihre Fantasie! Machen Sie Ihrem Namen Ehre und halten Sie sich kurz. Ersparen Sie mir vor allen Dingen die Stelle mit den nach Luft schnappenden Geräuschen, als das Teufelsweib ihren Mann aufgehängt hat. Es handelt sich schließlich nicht um ein Hörbuch. Mich interessiert am meisten, wie wir der Mörderin die Taten nachweisen können. Hat der angebliche Mitstreiter Erik Danke geplaudert und Ihre Vermutungen bestätigt? Oder haben wir die Aussage dieser Psychopathin?"

„Nun", begann Kommissar Knapp und lehnte sich in seinem Stuhl zurück, „Herr Danke ist im Krankenhaus gestorben, bevor er das Bewusstsein wiedererlangt hat."

„Oh, das tut mir leid. Na ja, dann hat unsere Täterin die Verbrechen zugegeben?"

„Nein, sie streitet alles ab. Aber wir haben sie mit

dem Klebestreifen überführen können. Es ist eine Frage der Zeit, bis …"

Double-You starrte in das Rotweinglas wie eine Hellseherin in ihre Kristallkugel.

„Klebestreifen", stammelte er, ohne den Blick von der roten Flüssigkeit abzuwenden.

Freitag   16.00 Uhr

„Klebestreifen?", sagte Jule und schaute Max fragend an.

„Ja genau. Als Jonas Blitzke mit dem Tesafilm hantierte, kam mir urplötzlich die Idee, die kleinen Fläschchen mit dem Etikett „Liebeskummer-WECH" näher untersuchen zu lassen. Du weißt schon. Dieses Getränk, welches die beiden jungen Männer von einer Unbekannten erhalten hatten. Und siehe da, es fanden sich auf dem klebrigen Teil brauchbare Fingerabdrücke, die wir Melanie Burgwein zuordnen konnten. Als ich sie damit konfrontiert habe, geriet sie in Erklärungsnot. Abgesehen davon haben wir jemanden gefunden, der eine Person beobachtet hat, die sich vor dem Haus von Familie Burgwein an dem Auto von Erik Danke zu schaffen gemacht hat. Ich bin mir sicher, dass wir diesen mit Hilfe der Beschreibung finden können. Als i-Tüpfelchen fanden wir Katzenhaare an Frau Burgweins Kleidung, die sie an dem besagten Abend getragen hatte. Wir konnten diese eindeutig dem grauen Tigerkater zuordnen. Tja, so hat der Streuner zur Aufklärung des Falls beigetragen. Aber ausschlaggebend waren die Fingerabdrücke auf dem Tesafilm. Man könnte sagen, dass Melanie Burgwein an ihrem Plan klebengeblieben ist wie eine Fliege im Honig."

„Na, bei so einer Lösung hatten wir drei Laien beim Raten ja keine Chance", sagte Jule und wuselte Elias durch das Haar.

„Genau, ihr …", konterte Max und stockte mitten im Satz, als fehlten ihm die Worte, diesen zu vollenden.

„Drei", stotterte er plötzlich und schaute in die leuchtenden Augen seiner Frau. „Du bist schwanger?", fragte er, obwohl er die Antwort bereits ahnte.

Jule nickte zur Bestätigung.

„Das müssen wir feiern! Nun, mit Sekt können wir nicht anstoßen. Dann werde ich stattdessen erst einmal Kuchen holen", verkündete Max und streichelte Jule zärtlich über den Bauch.

„Au ja, Papi! Kannst du wieder diesen Bienenstich ohne Birnen mitbringen?" mischte sich Klein-Elias in das Gespräch ein.

„Eine gute Idee, das ist sowieso ab sofort mein Lieblingskuchen" antwortete Max lachend, während er immer noch Jules Bauch liebkoste.

Freitag   17.15 Uhr

„Hallo, Herr Doktor Müller. Sie sehen heute so verändert aus. Als würden Sie von innen heraus strahlen."

„Das liegt bestimmt an meiner Vorfreude. Ich wusste doch, dass Sie heute im Einsatz sind", flirtete Thilo Müller und schenkte Schwester Stefanie ein filmreifes Lächeln. Diese errötete und blickte verschämt zu Boden. Doktor Thilo Müller war sehr zufrieden. Seine frühere Therapeutin wäre auf jeden Fall stolz auf ihn, dessen war er sich vollkommen sicher. Hatte sie ihm nicht immer geraten, er sollte die Vergangenheit hinter sich lassen und endgültig begraben? Das hatte er nun getan. Im wahrsten Sinne des Wortes.

DANKE

Wieder einmal ist es Zeit allen zu danken, die mir bei diesem Projekt geholfen haben.

Allen voran meinen fleißigen Lektoren: Burkhard Grünebaum, Uta Baumeister und Ulrike Spieckermann.

Danke auch an meine Autorinnenkollegin: Uta Baumeister, die die Umschlagsgestaltung übernommen hat.

Vielen herzlichen Dank an Tanja Graumann, die das tolle Cover gezeichnet hat.

Mein Dank gilt auch meinem Mann Burkhard und meinen beiden Söhne Marco und Nico, die mir bei den Recherchen sehr geholfen haben.

Ein Extra Dank gebührt Marco. (Er weiß warum)

Und dann möchte ich mich natürlich auch bei Ihnen bedanken, liebe Leser, für Ihr Interesse Kommissar Maximilian Knapp bei seinem ersten Fall zu begleiten.

Wer weiß, vielleicht hören wir wieder mal etwas von ihm und seiner Familie.

Bis dann
Ihre
Martina Grünebaum

Weitere Bücher von Martina Grünebaum:

Katzenwetter
Ein tierischer Sauerlandkrimi

*Wer möchte schon alt und
langweilig sein?*

*ISBN: 9783743117587
8,90 €*

Auch als E-Book erhältlich.

Die Quote

Verwaltungsfehler passieren
nicht nur auf Erden.

ISBN: 9783749481743
9,90 €

Auch als E-Book erhältlich.

Martina Grünebaum

Alle anderen sind komisch

Daniel hat das Asperger Syndrom – eine Form von Autismus. Begleiten Sie ihn durch die Tücken des Alltags und stellen auch Sie nach einiger Zeit fest:

Alle anderen sind komisch

ISBN: 9783748108986
6,99 €

Auch als E-Book erhältlich.

Mäuse K.O.

Eine lehrreiche, kindgerechte Katzengeschichte zum Schmunzeln und Mitfiebern mit Bildern zum Ausmalen

ISBN: 9783750408623
6,99 €

Nebenbei die Welt sortieren

Humorvolle Fantasy

ISBN: 9783746055923
11,90 €

Auch als E-Book erhältlich

Weitere Informationen unter:
martinagruenebaum.jimdo.com